TODO HOMEM
É MINHA CAÇA

MILLÔR FERNANDES

TODO HOMEM É MINHA CAÇA

EDITORA RECORD
RIO DE JANEIRO • SÃO PAULO

2005

CIP-Brasil. Catalogação-na-fonte
Sindicato Nacional dos Editores de Livros, RJ.

Fernandes, Millôr, 1924-
F41t Todo homem é minha caça / Millôr Fernandes.
– Rio de Janeiro: Record, 2005.

ISBN 85-01-07003-3

1. Humorismo brasileiro. I. Título.

CDD – 869.97
05-1322 CDU – 821.134.3(81)-7

Capa: Regina Ferraz

Impresso no Brasil

ISBN 85-01-07003-3

PEDIDOS PELO REEMBOLSO POSTAL
Caixa Postal 23.052
Rio de Janeiro, RJ – 20922-970

EDITORA AFILIADA

E era um robusto caçador
diante do Senhor.

Gênesis 10:8.

O orgulhoso Nemrod
Robusto caçador.
E sua caça era o homem.

Pope

CAVE CANEM

BEWARE

DEFINIÇÃO DO HOMEM

Platão

Um bípede implume.

Dostoiévesqui

Um bípede ingrato.

Millôr

Um bípede inviável.

SUMÁRIO

Plataforma 19

Na paz do Senhor 23

"Homem!" 25

As maiores e mais constantes mentiras, ou autojustificativas ou tapeações, humanas 29

Uma cara para conferir 31

Poesia-pesquisa sobre origens 33

Sniff. Sniff. 35

Ser político 37

Eles dizem e eu concordo: É preciso não confundir liberdade com licenciosidade! 39

Urbanidade-1980 43

Manera, irmão, manera! 45

Decálogo 51

Seguro social 55

O seqüestro 59

Consumo é vida! 61

Ação retardada 63

E o seu nível de corrupção, como vai? 65

O dia do fabricante 69

Jovem! 71
Os anticristos 73
Pequena biografia de alguns rebentos ilustres 77
Como, só eu é que fiquei de fora? 81
Direitos e deveres 83
Vademécum do bom liberal 85
Como... 89
Pela emancipação do índio 91
A tua consciência social, vai bem obrigado? 95
Ignorantes do mundo, uni-vos! 97
Os arranha-céus estão envelhecendo 101
Reflexões vazias sobre higiene histórica 103
Controle de população: Por que não dizimar? 105
Zeca Desaviado Algarávio 107
Fascínio 109
Ministro da economia falando na TV 111
Tópicos românticos e nostálgicos 113
Libertação prematura? 119
Balanço (pessoal) precário de 1977 121
Pronunciamento histórico de altíssima autoridade ou cada país tem o discurso de Gettysburg que merece 125
Eu, censor? 127
Vocês não perdem por esperar! Os economistas vão voltar? 131
Integridade jornalística total 135

Definições justas 137
A estrela sobe 141
Extra-Tour S.A. turismo extraordinário 143
Para um apoio mais visível à argumentação dos editoriais 147
Turismo hoje 149
O esporte bretão 151
O fracasso das velhas gerações 153
Fechando o círculo 155
Oh, que delícia de revulոção! 157
Falsificação, ainda. 163
O futuro tem futuro? 165
Ah! 171
Imortalidade pra quê? 173
Publicidade. Reclame. Promoção. 175
Gastando o latim 181
Regras de comportamento. Regência Figueiroa 185
Imitando a Bíblia 189
O sogro Karl Marx 193
Código de ética mínimo 199
Zwingliano, zurara: últimas palavras 201
Fim de festa, fim de livro 207

TODO HOMEM
É MINHA CAÇA

Plataforma

Declaração de Princípios

Já que todos os comportamentos sociais bonzinhos deram *nisso aí*, quem sabe este comportamento, mais honesto, não dará resultado melhor?

Desrespeitarei todos os meus semelhantes independentemente de sexo e idade, raça ou religião, irritando-os o mais possível, provocando, na medida de minhas forças, a revelação e o desenvolvimento do lado mais negro de sua natureza.

Chatearei e provocarei meu próximo, e os seus filhos, e os filhos de seus filhos, até tornar sua vida insuportável, usando para isso todas as diabólicas oportunidades que oferece a vida em comum nos edifícios de apartamentos.

Farei da minha vida um exemplo hediondo (insuperável) de intolerância e incompreensão totais.

Aclamarei todas as vaidades, apoiarei todas as reivindicações mesquinhas ou estúpidas, animarei todas as dúvidas reacionárias, inflamarei protestos da grande maioria estacionária, acenderei lembranças amargas em todos os cérebros doentios, serei o artífice inigualável das frustrações pessoais e coletivas, não dormindo, não comendo, nem descansando enquanto houver qualquer possibilidade de fomentar uma dissolução ou criar qualquer atrito, por menor que seja, à minha volta.

E para isso usarei todos os meios ao meu alcance, toda a imensa oportunidade que a tecnologia me oferece — o telefone, o jornal, o rádio, a imprensa, o *Pássaro Madrugador*.

Não me deixarei enganar pela propaganda pacifista e tola que pretende acabar com os conflitos entre as nações e mais tarde, talvez, quem sabe?, até mesmo entre os indivíduos. Me recusarei a viver nesse mundo de horror em que o amor seja a constante e o cotidiano.

Recusar-me-ei a apoiar qualquer organização que vise à paz, ao ecumenismo religioso, à filantropia, ao altruísmo em qualquer de suas formas ou maneiras de se manifestar.

Serei sempre a favor do câncer.

Serei inimigo mortal do amigos de infância, dos casais bem constituídos, das famílias tranqüilas, dos escritórios bem organizados, dos municípios bem administrados.

Atribuirei sempre aos outros as mesmas intenções de má-fé, inveja, insinceridade e capacidade de simulação de que me sinto capaz.

Impedirei, na medida em que me for possível, de qualquer forma, sem medir sacrifícios, a liberdade de expressão de qualquer pessoa que discorde de mim ou de meus pontos de vista mais reles, e procurarei cercear essa liberdade, usando da intriga à força física, sem esquecer a delação, sobretudo nos casos em que tais idéias possam provocar bem-estar social, euforia individual ou sequer um sorriso de satisfação numa criança.

Dedicarei minha vida a muito mais do que viver e deixar viver: procurarei não viver desde que me seja impossível impedir a existência alheia.

Procurarei diminuir a crença no certo, a esperança no futuro, a necessidade do otimismo. Praticarei a ofensa, não temerei argumentos sadios, nem pouparei a honestidade e a retidão, destruindo-as onde quer que as encontre.

Enfim: serei um competente e denodado artífice da intolerância, do ódio e do atrito pessoal e grupal, servindo ao rompimento, ao litígio e à separação. Combaterei todos os ditadores, de Assurbanipal a Pinochê, sem esquecer de Hitler e Stalin, como exemplos de extrema tibieza no comando do poder, como líderes excessivamente democráticos e humanos. Amém.

Na paz do Senhor

Estou lembrando: faz muitos anos, íamos, eu e o jornalista Jaguar, andando pela Praia Grande, em Arraial do Cabo, tendo pela frente dezenas (oitenta?) de quilômetros de areia branca, quase pó-de-arroz. Era meio-dia de um dia de semana. As ondas dessa praia são sempre curtas, rápidas, verdes e transparentes. Pode-se caminhar dentro d'água centenas de metros e mergulhar tranqüilamente na água fria, sem perder o pé. O fundo do mar, coisa rara em praias rasas, é também de areia limpa e sólida, nenhum lodo. Além da areia, na praia, há uma vegetação ondulando permanentemente. No recanto em que morávamos — Jaguar tinha alugado uma casa de pescador, o que, nele, nada tinha de folclore — havia uma elevação, uma pequena montanha. Lá de cima caía uma pequena cascata de águas da Álcalis e a própria poluição da Álcalis era belíssima, jogando pro ar uma nuvem de brancura diáfana.

Junto com a paisagem constante, a paisagem mutante. Pescadores em suas tarefas normais, redes abertas na praia, espalhadas, uma ou outra sendo remendada vagarosamente, pássaros às centenas, sem medo, voejando rente ao chão, um ou outro burro carregando pequenas mercadorias. Estávamos em pleno paraíso.

Fomos saindo na praia, eu e Jaguar, passamos por um pequeno grupo de pescadores que, numa sombra, junto de algumas canoas, olhavam o horizonte, trocando algumas palavras preguiçosas, na indolência do fim da tarde.

Jaguar disse: "Isso é que é gente pura!" E eu disse: "*Tá* bem, Jaguar! Um *tá* querendo comer a mulher do outro e o outro *tá* querendo ficar com a canoa do um. Aquele vesguinho até bateu a carteira do criolão. O microcosmo é igualzinho ao macrocosmo, ô cara!"

Uma semana depois o Jaguar entrou na redação do *Pasquim*, onde trabalhávamos então, e me disse: "Pô, que coisa, seu! Você tem toda razão. Ontem apareceram três pingüins lá na praia e os pescadores, sem a menor hesitação, pegaram uns paus e transformaram os pingüins numa poça de sangue. Não entendi. Fiquei besta!"

É por essas pequenas coisas que eu nunca perco a fé no ser humano.

"Homem!"

"Besta! Você é uma besta!" *Besta* é como aprendemos a xingar desde cedo. E chamamos de *animais* os que matam com crueldade, os que violentam, agridem, ferem: "O criminoso reagiu à polícia como uma verdadeira *fera*!" Como? Correu? Não — atirou, esfaqueou, matou.

Porco-chovinista. A *hiena*-nazista. Alimentei uma *serpente* no meu seio. "*Rato!*" "*Cavalos,* são todos umas *cavalgaduras!*" *Pato. Cão.* Teimoso como uma *mula*. Bêbado como um *gambá. Burro. Galinha. Lesma.* Lágrimas de *crocodilo*. Traiçoeiro como uma *raposa*. Praticamente todos os animais têm sido usados pelo homem para símiles das suas próprias fraquezas e defeitos. E os animais, dóceis, continuam sua vida, ignorando que os usamos para cobrir toda a gama de nossa imensa canalhice, quando bebemos mais do que podemos, espancamos os mais fracos, prevaricamos sem medida, agimos, enfim, "como verdadeiros *animais selvagens*".

Talvez isso se deva ao fato de que os animais sempre nos evitaram, com raras exceções, como a do cão (um *quisling* animal, o Pai Thomaz da espécie). Mas, agora que a história natural sabe muito mais sobre os animais, você já tentou ler, ao mesmo tempo, paralelamente, a biografia de uma família "ilustre" e a monografia de um grupo de chimpanzés? Em qualquer família "ilustre" a prevaricação sexual é a constante, a traição sentimental a regra, o ciúme, o impulso, e a violência resultado quase fatal.

Mas um grupo de chimpanzés do Quênia, estudado detidamente por naturalistas holandeses, mostrou que os brutos (perdão!) ficam satisfeitos com apenas seis atos sexuais por ano, já que as fêmeas só se interessam pelo assunto duas ou três vezes por mês e nem querem ouvir falar (grunhir) disso em todo o período da gestação e da lactação. O problema, porém, vejam bem, não é saber se os gorilas são ou não melhores do que o homem porque se importam menos com sexo, mas apenas mostrar que não é válido, na descrição de violências sexuais, num caso de estupro, por exemplo, dizer que o homem "cedeu a seus instintos *bestiais*". O que ele cedeu mesmo foi a seus instintos *humanos*.

Mas, se alguns animais copulam menos, todos brigam menos do que os homens. Ainda estou para ver elefantes se adestrando militarmente para atacar leões, tigres se mobilizando para enfrentar uma horda de jacarés invasores, búfalos matando bisões por questões de fronteiras, rinocerontes vendendo chifres a girafas, e assim por diante. Quando não se sentem efetivamente atacados, todos os animais deixam pra lá. Não brigam por conceitos, não reagem por pressupostos, não se ofendem por questões lingüísticas, não matam por religião. E, mesmo atacados por razões vitais, inúmeras vezes rugem, (zurram, escoiceiam, berram) mas, assim que podem, satisfeitas as necessidades teatrais da espécie, fingem que não foi nada e dão o fora. Paz! Paz!

Mesmo os animais definitivamente vitoriosos em lutas quase nunca procuram tirar partido disso. Viram as costas e vão embora. No máximo comem um pedaço do inimigo, se for o caso; se o caso é fome. Não há condecorações, butins de guerra, nem retaliações em nome do passado, tratados preservando um pasto para o futuro, colinas de Golan contestadas entre jaguatiricas e cascáveis, e, sobretudo, não há arcos do triunfo.

Pois é: já é tempo de inverter os termos e afirmar que uma pessoa é "suave como um elefante", "maternal como uma cobra", "tímido como um rinoceronte", "delicado como um urso", ou que "o coelhinho me olhou com um olhar quase humano", isto é, de ódio ou inveja. Pois desde a Bíblia a interpretação foi sempre contra os animais: a serpente era pérfida e perdeu o homem. E, no entanto, tudo o que a serpente fez, afinal, foi contestar uma portaria aparentemente sem nexo. Possivelmente ela teve apenas a intenção de instigar o homem a um prazer que ele até então não desfrutara. E certamente a coisa não teria o desfecho desastroso que teve (o pão com o suor de nosso rosto, etc.) se não tivesse se metido na história o elemento agressivo e agressor, o anjo com a espada de fogo na mão. Um homem!

As maiores e mais constantes mentiras, ou autojustificativas ou tapeações, humanas:

1. Que é que você quer?; é o meu caráter.
2. Meu marido não me compreende.
3. A gente tem que sobreviver.
4. Não me entreguei ao sistema. Estou combatendo por dentro.
5. Não fui eu que fiz o mundo.
6. Dos males, o menor.
7. Se eu não aceitasse, eles entregariam o cargo a alguém do outro lado.
8. Ordens são ordens.
9. É só a cabecinha.
10. Se eu não desse, o patrão me despedia.
11. A gente recua dois passos agora, depois avança três.
12. Jamais me perdoarei o que estou fazendo.
13. Agora não posso mais recusar.
14. Eu nem sabia o que estava assinando.
15. Nunca me aconteceu uma coisa assim, na primeira noite.

Uma cara para conferir

Minha fisionomia, se nunca me encantou pela excepcionalidade, também nunca me pareceu tão, assim, ordinária, excessivamente familiar, lugar-comum. Contudo é espantoso o entusiasmo com que conhecidos, recém-conhecidos, amigos, e até parentes, a toda hora se lembram de terem visto uma pessoa parecidinha comigo. De todas as pessoas que encontrei, em minha já não curta vida, rara é a que não tem um primo, um tio, um colega de escola, um professor, um padrasto ou um amante que é a minha cara, igualzinha, impressionantemente igual, esculpida e encarnada (cuspida e escarrada). Algumas pessoas encontram também, acho que por generosidade, semelhança impressionante até com vultos históricos, de Shakespeare a Júlio César, se é que alguém sabe como eles foram. Até hoje, curiosamente, ninguém me comparou ainda a Jesus Cristo. Deve ser pela barba, que eu não tenho. Eu deixo crescer.

Noutro dia, porém, aconteceu o que não esperava mas, evidentemente, tinha que acontecer um dia. Fui apresentado a uma jovem maravilhosa senhora, que, depois de poucos minutos de conversa, colocou na pauta a inevitável descoberta: "Mas, engraçado, você me lembra muito alguém conhecido". Imediatamente, com minha vasta experiência, lhe ofereci logo um imenso catálogo de pessoas, locais, nacionais e internacionais, que, dizem, se parecem comigo. Nenhuma a satisfez. Curioso que, enquanto conversávamos, a fisionomia da jovem também não me parecia estranha. Mas, quando, afinal, embora não se lembrando do nome da pessoa, ela afirmou estar certa de que tinha sido no Teatro TBC, em São Paulo, imediatamente eu me lembrei da cena e da hora em que a tinha conhecido. E me veio a satisfação de encontrar, afinal, uma pessoa que me achava parecido — não muito, eu sei, apenas uma vaga semelhança — comigo mesmo, alguns anos atrás.

Poesia-pesquisa sobre origens

Ambição?
Doença?
Crença?
Comichão?
Incúria?
Tédio?
Luxúria?
Ardência?
Preguiça?
Impaciência?
Frio e carência?
Ânsia?
Arrogância?
Fome?
Medo?
Pranto?
Canto?
Dor?
Pavor?
Espanto?
Tristeza?
Teimosia?
Incerteza?
Morrinha?
Picuinha?
Adão
Já tinha.

Sniff. Sniff.

Nessas infindáveis discussões emigracionais e raciais, quando se fala publicamente de aceitação de minorias e direitos básicos de setores sociais, não sei por que ninguém toca num detalhe importantíssimo sobre o qual, aliás, na intimidade, se fala muito. Me perdoem — mas vou ter a coragem: afinal, as raças cheiram ou não cheiram diferente? E, antes que me digam que não sei onde meto o nariz, algum leitor ache que isso não está cheirando bem, ouso afirmar que, mais que a aparência, o cheiro tem sido um preconceito básico não só de raça para raça mas também de indivíduo para indivíduo. Muita gente tem sido maltratada (modernamente: "discriminada") por ter chulé, xexéu, mau hálito ou, ainda que pareça incrível, pura e simplesmente usar perfume demais (eu sou dos que detestam pessoas cheirando a água-de-colônia). Será que ainda veremos (cheiraremos) o dia em que cada pessoa possa ter seu próprio cheiro — racial, pedal, sovacal ou bucal — sem que isso ofenda o próximo? Acho difícil. O homem continua a ser o único animal que odeia cheirar como animal.

Ser político

Ser político é engolir sapo e não ter indigestão, respirar o ar do executivo e não sentir a execução, é acreditar no diálogo em que o poder fala e ele escuta, fechar-se horas discutindo pra compreender melhor a realidade lá fora, é ser sempre um caleidoscópio de boatos, é aprender a sofrer humilhações todos os dias, em pequenas doses, até ficar completamente imune à ofensa global, é esvaziar a tragédia atual com uma demagogia repetida de tragédia antiga, é ver o que não existe, o olhar sábio introvertido na ciência política e olhar, sem ver, a miséria existente, é não ter religião mas não deixar de cortejar o padre, é, no meio da mais degradante desonra, encontrar sempre uma saída honrosa, é nunca pisar nos amigos sem pedir desculpas, é correr logo pra bilheteria quando alguém grita que o circo pega fogo, é rir do sem-graça, encontrando no antiespírito o supremo deleite desde que seu portador esteja no alto, é flexionar a espinha, a vocação e a alma, em longas prostrações ante o poder apenas como preparação do dia de exercê-lo, é recompor com estoicismo indignidades passadas projetando pra história uma biografia no mínimo improvável, é almoçar quatro vezes e jantar umas seis pra resolver definitivamente o problema de nossa subnutrição endêmica, é tentar nobremente a redistribuição dos bens sociais, começando, é natural, por acumulá-los, pois não se pode distribuir o tão disperso, e é ser probo seguindo autocritério.

E assim, por conhecer profundamente a causa pública e a natureza humana, estar sempre pronto a usufruir diariamente o gozo de pequenas provações e a sofrer na própria pele insuportáveis vantagens.

Eles dizem e eu concordo:

É preciso não confundir liberdade com licenciosidade!

Mas acho também que é preciso não confundir:

Presidente com divindade
Ministro com impunidade
General com a generalidade
Três poderes com Trindade
Brasília com a verdade
Gradualismo com grade
Cadeia com Faculdade
Machismo com ombridade
Censura com moralidade
Mafioso com confrade
Grossura com densidade
Crença com credulidade
Posse com dignidade
Prudência com morosidade
Muitos com pluralidade
Omisso com neutralidade
Poster com posteridade
Inflação com prosperidade
Chatice com profundidade
Escândalo com publicidade

Gangue com sociedade
Vídeo com realidade
Simplícitas com simplicidade
Teimosia com tenacidade
Colaboração com venalidade
Cumpra-se com cumplicidade
Mordomia com edilidade
Causa com festividade
Fome com frugalidade
Fato com fatalidade
Adesão com habilidade
Carteira com identidade
Medo com honestidade
Justiça com iniqüidade
Cargo com propriedade
Esquema com causalidade
Mandioca com eletricidade
Submissão com elasticidade
Inércia com estabilidade
Inerrância com infalibilidade
Agachamento com flexibilidade
Patota com lealdade
Controle familiar com mortandade
Ditadura com unidade
Conivência com afinidade
Cidade com atrocidade
Burrice com austeridade
Burrice com probidade
Semestre com anuidade
Boça com boçalidade
PNB com brutalidade
Crise com calamidade
Filé com carnalidade
Osso com carnosidade

Parto com maternidade
Engravidar alguém com paternidade
Tamanho com maioridade
Rapaz com rapacidade
Sangueira com consangüinidade
Paúra com urbanidade
Agrado com viscosidade
Civil com civilidade
Convexo com concavidade
Duplo com duplicidade
Momento com eternidade
Orgulho com fatuidade
Incesto com fraternidade
Esgar com hilaridade
Dureza com integridade
Descontração com promiscuidade
"Legal" com legalidade
Vaga com propriedade
Hospital com hospitalidade
Cornice com mansidade
Parricídio com orfandade
PI grego com piedade
Aparência com qualidade
Ausência com raridade
Chuvisco com tempestade
Pernóstico com sumidade
Frieza com virgindade
Bagunça com atividade
Mau verso com adversidade
Viração com agilidade
Salomão com ambigüidade
Prior com prioridade
O mano com a humanidade

UND SO WEITER...

Urbanidade-1980

Como já é comum em frente à nossa porta — e também em frente e atrás da porta de todos os mortais desta cidade —, ontem de manhã havia por aqui uma senhora de aspecto ainda muito aproveitável, aproveitamento esse não sendo mais possível pelo fato de ela se encontrar em decúbito dorsal e profundamente morta. A pessoa cadavérica, à primeira vista, não dava maior demonstração de ter chegado a esse definitivo estado através de meios próprios, como a suicidagem, ou de que se *esticou* na via pública auxiliada por terceiros, donde isso se chamaria crime doloso, doloroso e vistoso com muita criminalidade, tipo mão-branca ou ainda se fora acidentalizada por automóveis, vasos ornamentais caídos de janelas, balas perdidas, ou escorregadela em cocô de cachorro. Tudo indicava, porém — inclusive uma seta do departamento de trânsito —, que a defunta circunstante, independentemente da forma adotada ou provocada — morreu mesmo porque lhe tinha chegado a hora —, como acontece a todas as pessoas que abotoam dentro do período estrito das 24 horas do dia — ou seja, de morte morrida e não de morte matada ou autopromovida. Mas a única coisa realmente certa ao fecharmos esta edição é o fato de a alma do corpo já não se encontrar mais no mesmo, como foi rigorosamente constatado pelo técnico da polícia que chegou pressuroso dois dias depois, o qual técnico, assim que defrontado com o aspecto cadavérico geral, e depois de pedir à televisão que focalizasse bem, deu vários pontapés científicos no cadáver inerte constatando a sua definitiva mortualidade.

Manera, irmão, manera!

Os caras não mudam não, ô meu!
Muda só a semântica, agora muito mais maneira e matreira:

ONTEM:

A mulata é muito mais quente!

HOJE:

A miscigenação entre negros e brancos deu à resultante-fêmea um temperamento extremamente libidinoso que, aliás, tem sido — de modo vergonhoso — comercializado em shows, semiprostituição em casas noturnas, etc...

ONTEM:

Mulher guia mal paca!

HOJE:

A sensibilidade feminina ainda não parece adaptada ao condicionamento mecânico exigido pela complexidade do automóvel.

ONTEM:

Tá completamente gagá!

HOJE:

Revela lamentáveis sinais de degenerescência próprios de sua avançada faixa etária, entre os 40 e os 50.

ONTEM:

Você deixaria sua filha casar com um gay?

HOJE:

O fato é que as características andróginas ou bissexuais de uma pessoa acrescentam mais um fator de atrito nas já difíceis relações intersexuais (conjugais) de nossos dias.

ONTEM:

O que esses criolos gostam mesmo é de rebolar no carnaval.

HOJE:

Ninguém vai negar que suas raízes africanas são todas de um povo geneticamente orientado para o lúdico existencial, fato demonstrado basicamente numa tremenda expressão corporal.

ONTEM:

Mineiro não paga nem visita.

HOJE:

Os habitantes das alterosas tendem a um apego ao dinheiro exagerado e atípico no Brasil.

ONTEM:

Empreguinho de merda.

HOJE:

Subemprego.

ONTEM:

Todo ator é bicha e toda atriz é lésbica.

HOJE:

Há uma tendência natural e generalizada para que as minorias sexuais, discriminadas e perseguidas, se concentrem — como autodefesa — e busquem identificação e prestígio nos meios artísticos, principalmente em atividades cênicas.

ONTEM:

Sórdido comunista!

HOJE:

É um velho reacionário ainda adepto de propostas marxistas ultrapassadas e teses bolcheviques invalidadas pela história.

ONTEM:

É judeu!

HOJE:

Tem uma tendência natural para atividades comerciais e financeiras, não demonstra atração para se aplicar na agricultura e possui sentimento religioso extraordinariamente concentrado no próprio grupo de origem, com extremas conotações conservadoras.

ONTEM:

Não confio nesses japoneses!

HOJE:

De vez em quando pressinto que o número crescente de orientais atuando no Brasil tenderá a nos fazer lembrar com saudade do domínio americano.

ONTEM:

É gente de cor.

HOJE:

Pertencem a um grupo étnico minoritário.

ONTEM:

Japonês pra mim é tudo igual.

HOJE:

Até hoje não consigo definir e reconhecer as características específicas individuais dos emigrantes orientais.

ONTEM:

Esses homossexuais drogados estão desmoralizando a mulher.

HOJE:

Há um visível projeto de homossexuais experimentalistas no sentido de se revalorizarem sexualmente induzindo a mulher à destruição de seu próprio mito.

ONTEM:

Os culpados são esses paus-de-arara que esculhambaram nosso mercado de trabalho.

HOJE:

A verdade é que a mão-de-obra ociosa e não-especializada oriunda de setores agrícolas pauperizados do nordeste está sendo utilizada no Rio e São Paulo a preços abaixo do mercado contra os naturais desses Estados.

ONTEM:

Um ignorantaço!

HOJE:

Não foi reprimido por qualquer espécie de educação formal.

ONTEM:

Tou aí com uma roxinha.

HOJE:

Estou transando com uma gatinha de faixa social inferior e epiderme visivelmente contrastante.

ONTEM:

Nunca vi ninguém mais mal-educada.

HOJE:

É totalmente inclinada e condicionada à explicitação de sua natureza pura.

ONTEM:

São uns devassos!

HOJE:

Estão levando sua experiência sexual e sua permissibilidade geral a níveis incompatíveis com a manutenção do quadro social vigente.

ONTEM:

Esse pessoal tem filho feito coelho.

HOJE:

Há uma acentuada desproporção no índice natal proveniente das populações economicamente carentes em relação com o aumento demográfico das faixas que, por melhor aquinhoadas, limitam com naturalidade seu crescimento familiar.

Decálogo

Para estragar o dia do mais idiota dos otimistas.

Se você é desses superdebilóides, que acha que "o mundo é assim mesmo" e que, afinal, "tudo se resolve", que *O Pequeno Príncipe* é um grande livro cheio de força moral e o escambal, e que "somos todos irmãos", largue por um momento esse sorriso cretino que mora nos seus lábios e leia estes dez tópicos:

1) Foi publicado um pequeno panfleto sobre perseguições e horrores em geral acontecidos no Gabão. Procure ler.

2) "O homem é o câncer da natureza." Millôr.

3) Você, ao que tudo indica, é membro da espécie humana. Isto é, um assassino nato, usufruidor da miséria geral (se você come, alguém está deixando de comer: o mundo não tem comida pra todo mundo), sequaz dos assassinos, parceiro dos ladrões, et cetera, et cetera. Não fica com essa cara de bom moço aí não, que eu te conheço: você é um homem. E um *homem* é exatamente o negativo do IF, de Kipling. Já leu? Não leia. Nunca ouviu falar? Não ouça.

4) Continua sorrindo? Pô! Mesmo individualmente você não vai conseguir escapar, velho, é estatístico. Se não for atropelado, ficará no desemprego, se não ficar desempregado, vai pegar um enfizema, será humilhado, abandonado pela mulher que ama (mas ama, hein?), arrebentado sentimentalmente pelos filhos (pelos pais, se for filho), mordido de cobra, ficará impotente, ou superpotente (i.e. tarado sexual), e, se escapar de tudo, ficará velho, senil e acabará babando num asilo em ruínas. O mundo não tem lugar senão para 1/3 da humanidade.

5) A televisão só tem programas em que todos julgam tudo. Esses programas, o maior tribunal jamais visto depois de Nuremberg, são apenas o prenúncio do que vai acontecer no mundo ou está acontecendo nos bastidores do mundo.

6) Leia a minha frase no *nº 2*. Você se queixa muito do *environment* (meio-ambiente-ecologia), porque agora é moda. Mas o maior entrave para o mundo é você mesmo, cara. Câncer, é. É o homem que estraga a terra, corrompe a natureza, fura os túneis, empesta o ar, suja as águas, apodrece tudo onde pisa, sem sentido, nem objetivo. A explosão nuclear, ao contrário do que todos pensam, não é uma tragédia. Pode ser uma tragédia para a espécie humana. Mas é apenas uma medida saneadora para o universo. Uma maneira simples de a natureza se livrar de você, ô peste! E fique tranqüilo: o desaparecimento do ser humano não fará a menor diferença à economia do cosmo!

7) Pode ser que haja vida inteligente em qualquer outro planeta. Neste, positivamente, só há a mais absoluta estupidez.

8) Você é um animal como outro qualquer animal, só que, naturalmente, muito pior. Pra sobreviver — e manter o ciclo ecológico — você tem que comer carne, (oriunda da morte de outros animais) ou ovos, (e impedir que outros animais nasçam) ou semente, (e impedir que plantas nasçam). O único alimento puramente alimento, feito só para isso, é o leite. Você é capaz de viver só de leite a vida inteira, hein, bonzinho?

9) Consulte a sua enciclopédia preferida. Qualquer que seja. Britânica, gálica, latina, saxônica, sueca, qualquer. Em vez de ler as biografias e se admirar com os feitos de bravura, inteligência e denodo dos caretas lá incluídos, pense no que, *realmente,* eles são, fora da *convenção* de grandeza, dignidade e nobreza. Fora dos *compromissos* culturais que os levaram lá os caretas são apenas: usurpadores, exploradores da comunidade, santos de fancaria, tubarões econômicos, guerreiros impiedosos, cientistas egocêntricos, artistas cuja principal arte foi a autoprojeção. Uma súcia.

10) Você já pensou se a terra for apenas uma astronave tentando escapar a um mundo louco, e que nós, apesar de tudo, ainda somos o melhor do que existe por aí nessas galáxias?

Seguro social

Volta e meia, para suavizar a denúncia de mil fraudes na Previdência Social, um ministro chega e diz que vão ser aumentadas as garantias econômicas dos trabalhadores. Traduzindo: vão tirar mais alguma coisa do trabalhador agora pra fazer frente ao que ele receberá (possivelmente não) no futuro. Ora, não é preciso conhecer cálculos atuariais — nem duvidar muito da competência da administração estatal — para saber que, com a desvalorização maluca da nossa moeda, o aumento do que receberemos aos 60 anos jamais será correspondente ao aumento da parcela que vamos pagar a mais, aos 30. Eu, por exemplo, os 2 cruzeiros que o governo me tomava em 1950, suficientes, então, pra pagar uma sólida meia-porção no Restaurante Reis (ali, no Largo da Carioca), agora, mesmo "corrigida" (a correção monetária sempre me soa uma coisa criminal, penal, como Casa de Correção), não me dariam pra comprar um chiclete num sinal fechado.

Pra garantir o Seguro Social (aposentadoria), é preciso, antes de tudo, fazer com que a moeda não mingüe, não encolha, não encurte, não enrugue, não seque, nem empalideça. Quer dizer, talvez a melhor maneira de garantir nossa subsistência futura seja não guardarmos bens "convencionais" (moedas e valores semelhantes) mas fazermos como os esclerosados (a esclerose ainda não está bem estudada; talvez seja uma suprema forma de sabedoria econômica), que deixam de acreditar nas coisas simbólicas (moedas e que tais) e passam a esconder no guarda-roupa caixas de bombons, bifes e tomates. Boa idéia!; cada grande empresa não descontaria mais nenhuma parcela de salário, mas seria obrigada a manter um enorme frigorífico onde, todos os dias, seus empregados guardariam uma banana, uma azeitona e uma maminha de alcatra. Assim, quando atingisse a idade da aposentadoria, o empregado gozaria seu ócio tomando de volta seu pedaço de carne congelada e não seu cruzeiro miniaturizado. É bem verdade que essa solução também não é perfeita, pois a estocagem de alimentos acabaria por elevar tanto os preços que muita gente morreria de subnutrição no afã de economizar para a velhice. Então, não tem solução?

É, é difícil. O problema da segurança econômica individual e, conseqüentemente, da psicológica e mesmo física, é cheio de complicadas implicações e insolúveis emboscadas. Pois só os que têm excessivamente menos se iludem com os que possuem demasiado mais. Os que morrem de fome morrem de fome; mas se pensam que os donos dos impérios, com suas úlceras multinacionais, vivem profundamente seguros de sua posses, estão redondamente enganados.

Na verdade, o único homem seguro é o homem altamente capaz e plenamente saudável que, tendo capacidade de ganhar 100, trabalha para ganhar e viver com apenas 10. Mas aí já entramos no campo da filosofia. E essa situação, neste mundo caótico e neurótico, é tão excepcional que esse homem acabará, também, inseguro de sua posição por ser esta extremamente solitária e única. Não tem jeito, Millôr!

Bom, há a segurança econômica da selvageria: no bom sentido da palavra. Pois o índio, o selvagem — enquanto seu lobo, isto é, os antropólogos, não vêm —, está sempre em contato direto com seu fornecimento básico —

o peixe na água, a pitanga no pé, a macaxeira no chão. Homem do mundo? *Tá* falando com ele! Mas ninguém é primitivo por muito tempo. Logo surgem as miçangas, os espelhinhos, o escambo — e a armazenagem. E a sacanagem, também. Natural ou insuflada. E quando a flecha já não voa contra a anta mas contra o índio de outra tribo, temos, de uma forma ou de outra, que começar a pensar num INPS pra garantir o *otium cum dignitate* na mata.

Mas, e fora do seguro estatal, não há salvação? Ah, que me perdoem alguns idealistas, com suas companhias de seguros e montepios montados em bases "sérias". Todo seguro ou é uma utopia ou uma arapuca: e as duas coisas se confundem. Pois as utopias, mesmo as recém-fundadas, estão sempre às vésperas da falência. O seguro, sabem seus técnicos honestos, tem que ser compulsório (pois jamais é compulsivo) pra sobreviver aos segurados. Pois, se não for compulsório, a média das pessoas só pensará na aposentadoria aos 60 anos quando estiver com 59. Então...

Então e enfim. Na mão de particulares o seguro não funciona. Com o governo, onde, sem lucro, deveria funcionar, cai em poder das novas-classes com suas mordomias voadoras. E os velhinhos, outra vez, acabam mesmo dormindo na porta da padaria.

Só há, pois, uma fórmula de segurança econômica (social). Um governo, um regime, um sistema, uma instituição, que não se preocupe com a desvalorização da moeda e trate, definitivamente, da valorização do ser humano. *Taí*, falei bonito! Conhecem algum sistema desses? Mandem o endereço.

O seqüestro

De repente, depois de quinze dias do marido desaparecido, ela recebeu uma carta desesperada: "Meu amor, fui seqüestrado por um bando de terroristas, nem sei explicar por quê. Exigem o resgate de 100.000 dólares. Aqui vão as condições detalhadas: se até o dia 15 do corrente não chegarem 50.000 dólares, eles me cortam o nariz; se até o dia 18 não chegarem 60.000, eles me cortam as orelhas; se até o dia 21 não chegarem 70.000, eles me cortam o lábio superior; se até o dia 22 não chegarem 80.000, eles me cortam o lábio inferior; se até o dia 27 não chegarem 90.000, eles me cortam a masculinidade; se até o dia 31 não chegarem os 100.000 dólares, eles me matam."

A esposa, desesperada, procurou amigos, fez campanha pública, compareceu a programas de TV, enfim, um esforço acima do humano. Mas, no dia 15, tinha conseguido apenas 40.000 dólares; no dia 18, quando tinha 50.000, já era tarde para salvar o nariz do marido e ainda não tinha o suficiente para salvar-lhe as orelhas; no dia 21 ela tinha apenas 65.000; no dia 22 ela tinha conseguido 78.000, mas ainda não dava pra salvar o lábio inferior do pobre que a essa altura já estava sem o superior, o nariz e as duas orelhas; no dia 27 ela tinha 83.000, mas, finalmente, no dia 29, dois dias antes de chegar o dia 31, antes do dia fatal do marido ser morto, ela, num trabalho que não a deixava dormir nem comer, conseguiu, afinal, reunir os 100.000 dólares do resgate. Mas, aí, ao que parece, o esforço terrível de lutar contra o destino já a tinha tirado da sua submissão, do seu conformismo de mulher-objeto. Ela tinha amadurecido tanto, que pensou bastante e decidiu: "Ora, depois desse esforço todo eu sou, naturalmente, uma líder feminista; não dependo, nem posso depender, de um único homem para sobreviver nesta sociedade patriarcal, cheia de porcos chovinistas. A essa altura meu marido deve estar um monstro, sem nem sequer o encanto do seu machismo. Sabe o que é?, vou guardar o dinheiro, comprar ações do Banco do Brasil preferenciais ao portador, entrar prum desses Movimentos de Libertação da Mulher e arranjar um outro marido inteirinho. Falei *et dix.*"

Consumo é vida!

Noutro dia, prenunciador que sou, escrevi uma frase dizendo: "O Natal vem aí. Que horror!" Algumas pessoas se assustaram, algumas me falaram, umas poucas me escreveram, outras me deduraram como destruidor de uma instituição milenar e salutar e escolar, de lar em lar. Olha, eu estava brincando. E vou dizer a verdade, agora, doa a quem doer. Hoje, à meia-noite, esteja você no seio da família, ou na barriga da solidão, preste bem atenção ao último badalar da meia-noite. (Se é que a meia-noite ainda badala.) Ao soar o derradeiro belém das vinte e quatro horas, possivelmente você ouvirá um troloc, troloc no seu telhado, uma batida na porta ou um estilhaçar da sua vidraça. Não tenha medo. Arme cuidadosamente a sua Luger silenciosa e espere. O velho safado talvez não tenha apurado coisa alguma contra você. Pode ser que a sua ficha esteja limpa. Não é fatal que ele tenha descoberto nada, que saiba, a essa altura, exatamente o que você é e tudo o que fez durante o ano. Afinal o Serviço de Informações dele também falha. É bem verdade que, se ele cismar com você, se decidir que você está definitivamente fora do sistema, que não está interessado nem em comprar nem em vender, nem em se divertir à vista nem em degustar a prazo, dificilmente você escapará: esquadrões de réplicas do velho sinistro te levarão pra sempre, e te jogarão num desses terríveis portos livres que existem por aí, até que você aprenda, de uma vez por todas, a consumir, consumir, consumir, e a repetir, dia e noite, por via oral, pelo brilho ávido dos olhos, e em cartas e telegramas, a frase miraculosa: *Consumo é vida!*

Se, durante o ano inteiro, você não adquiriu bens, comeu apenas o necessário, não comprou pelo menos 50% dos *best sellers*, não compareceu a 80% dos filmes, nem a 100% dos *shows* musicais, o melhor mesmo é se entregar e confessar: ou ele não te deixará um osso inteiro, até que você aprenda. E se, além de tudo isso, em dezembro, você chegou ao dia 24 sem sequer entrar numa loja para comprar uma dúzia de presentes idiotas para parentes imbecis, bem, então considere-se um homem morto.

Mas calma, caluda! Ele entra gentil e maneiroso. Isso significa que você foi aprovado. Você é um felizardo. Você está na lista positiva, irmão. Guarde a arma e finja que ressona. A rena pusilânime vai consultar a lista e dizer ao velho desmemoriado e cretino o que você é. Escuta: "Esse daí é o Millôr Fernandes, Noel. Cidadão prestante, isto é, não se revolta nem se importa, homem de bem, isto é, de acordo com todas as injustiças, com ligeiras exceções para as muito violentas que aconteçam diretamente na sua cara. Um bom patife, em suma, ganhando mais do que merece e gastando mais do que ganha. Toma banho diariamente, não se mistura com pessoas de outras classes sociais e, sobretudo, de outras raças, um pouco chegado a ironizar minorias, uma garantia do que está, com um pé no que há de vir, um arrojado defensor de mudanças que mudem tudo radicalmente desde que tudo fique assim mesmo. Que fazemos com ele? Pediu um aumento de ordenado na *Veja*, um apartamento novo no Jardim de Alá, duas viagens internacionais por ano em avião fretado particularmente e umas *minas*, ternas e consoladoras". E você pode estar certo de que Noel vai atender a todos os pedidos e talvez ainda lhe deixe um belo cheque ao portador descontável em qualquer banco, ou posto de gasolina, ou barraca de feira, ou sinal de tráfego. *Consumo é vida!*

Ação retardada

Os campeões das armas nucleares "seguras" devem estar arranjando mais argumentos para provar suas teorias a respeito de bombas "limpas" depois que a frota de Sua Majestade Britânica — essa empresa que está construindo a ponte Rio—Niterói — descobriu, na costa da Nigéria, um canhão de 1863, ainda armado, em "razoáveis" condições de tiro e "potencialmente" perigoso. Deve haver por aí, nesses fundos de mundo, ainda muitas armas e artefatos militares perdidos e não explodidos, pois todos sabem (isto é, eu sei!) que, em 1614, Maomé II já tinha um canhão (quem quiser pode olhar e tocar no Museu de Artilharia de Londres.)

Se o mal que a pólvora faz vive mais de um século depois dela (estou parodiando Shakespeare, percebe-se?), imaginem que tipo de morte de surpresa está esperando os freqüentadores das praias e *campings* de 2074. No caso de haver 2074.

E o seu nível de corrupção, como vai?

Dizem por aí que todo homem tem seu preço. Há quem vá mais longe afirmando que alguns homens são vendidos a preço de banana. Sempre esperei, na vida, o dia da Grande Corrupção, e confesso, decepcionado, que ele nunca veio. A mim só me oferecem causas meritórias, oportunidades de sacrifício, salvações da Pátria ou pura e frontalmente a hedionda tarefa de lutar... contra a corrupção. Enquanto eu procuro desesperadamente uma oportunidade, as pessoas e entidades agem comigo de tal forma que às vezes chego a duvidar de que a corrupção exista. Mas, falar em corrupção, como anda a sua? Vendendo saúde ou combalida e atrofiada como a minha? Responda com muito cuidado às perguntas abaixo e depois conclua sobre sua própria personalidade: você é um corrupto total ou um idiota completo? (Não há meio-termo.) Conte 10 pontos para cada resposta certa (você é quem decide qual é a certa) e verifique depois o grau de sua corruptibilidade. Nota: Se você roubar *neste* teste, é porque sua corrupção é mesmo absolutamente incorruptível.

A) Você descobre que o chefe do seu departamento está com um caso complicado com a secretária do outro chefe em frente. Você: 1) Finge que não viu nada. 2) Diz à secretária que ou também está nessa ou vai botar a boca no mundo. 3) Oferece o seu sítio ao chefe pra ele passar o fim de semana. 4) Bota a boca no mundo. 5) Insinua ao chefe que há a perigosa hipótese de a mulher dele vir a saber (e enquanto isso põe a promoção embaixo do nariz dele pra ele assinar).

B) Você acha que a Lei e a Ordem são uma mística social maravilhosa para: 1) Impor a lei e a ordem. 2) Acabar com a grita dos descontentes. 3) Grandes oportunidades de ganhar algum por fora. 4) Dividir o bolo entre os íntimos sem ninguém de fora piar.

C) A primeira vez em que você ouviu falar do escândalo de Watergate você disse: 1) Isso é que é país! 2) Como é que o governo americano permite uma imprensa dessas? 3) Eu não compraria um carro usado desse Nixon. 4) Isso jamais aconteceria entre nós. 5) Quanto terão levado esses caras pra se arriscarem dessa maneira?

D) Você, como representante oficial da fiscalização, comparece à apresentação de contas, em dinheiro, no Instituto dos Cegos. Fica surpreendido com o alto volume das arrecadações e em certo momento: 1) Diz: "Estou surpreendido com a miserabilidade dos donativos". E tenta enrustir algum. 2) Diz: "Como representante do fisco sou obrigado a reter 30% de tudo porque esta arrecadação é totalmente ilegal". 3) Diz: "Teria sido até uma boa arrecadação se metade das notas não fossem falsas". 4) Disfarça bem a voz e diz, entredentes: "Todos quietinhos aí, seus Homeros de uma figa: Isto é um assalto!"

E) Você se demite do cargo de maneira irrevogável por insuportáveis pressões morais e absoluta impossibilidade de compactuar com a presente política da firma. Eles prometem triplicar o seu salário. Você: 1) Recusa, indignado, por pensarem que é tudo uma questão de dinheiro. Só ficará se eles derem também as três viagens anuais à Europa a que todos os diretores têm direito. E participação nos lucros retidos da companhia. 2) Diz que, evidentemente, isso é uma prova moral de que eles estão de acordo com você. O dinheiro, aí, é definitivo como demonstração de confiança na sua gestão. 3) Pede para pensar 5 minutos antes de dar a resposta. 4) Explica que tem mulher e filhos e não pode manter um pedido de demissão feito, afinal de contas, por motivos tão irrelevantes.

F) Há uma diferença fundamental entre *fraudar* e *evitar* o imposto de renda. Quando você descobriu isso, você: 1) Ficou indignado com as possibilidades de os poderosos usarem tudo a seu favor. Como é que se pode escamotear um ordenado? 2) Começou a estudar furiosamente a legislação para descobrir todos os furos. 3) Tinha 11 anos de idade e estava terminando o curso primário. 4) Nunca mais pagou um tostão de imposto.

G) Você dá um nota de 10 pra pagar o jornal, no jornaleiro velhinho da banca da esquina, e percebe que ele lhe deu 50 como troco. Você imediatamente: 1) Corrige o erro do velhinho? 2) Reclama chateado aproveitando a gagaíce do vendedor: "Pó, eu lhe dei uma nota de 100"? 3) Chega em casa e manda todos os seus filhos comprarem vários jornais na banca do velhinho? 4) Bota o dinheiro no bolso e fica freguês?

H) Você teve que fazer um trabalho na rua, não pôde almoçar, comeu um sanduíche. Você apresenta a conta na companhia: 1) Um sanduíche — 3 cruzeiros. 2) Almoço —

32 cruzeiros. 3) Almoço com o representante da A&F Ltda. — 79 cruzeiros. 4) Despesas gerais — 143 cruzeiros.

I) Quando o desfalque dado pelo auditor geral (8.000.000 pratas) chega a seus ouvidos você murmura: 1) "Idiota, se deixar apanhar assim". 2) "Será que eles vão descobrir também os meus 10.000?" 3) "Se ele tivesse me dado 10% eu tinha feito o negócio de maneira que ninguém nunca ia descobrir". 4) "Eu fiz bem em não entrar no negócio".

O dia do fabricante

Sim, por que não? Se todos têm seu Dia, se estamos comemorando até o *Dia de Dar Graças a Deus* dos americanos (eles têm motivos de dar graças a Deus, mas e nós?) por que não sermos pioneiros em alguma coisa e instituirmos, pela primeira vez no mundo, o *Dia do Fabricante*? Como diria o Chacrinha, o apresentador de TV:: "Ele mereeeeece!"

Já temos o *Dia das Mães*, o *Dia dos Pais*, o *Dia das Secretárias*, o *Dia das Telefonistas*, enfim, *dia* de todas as personalidades e entidades que são permanentemente veladas justamente por quem? Pelo Fabricante. Quando você quer dar uma geladeira nova, um sapato novo, um pente, uma escova, um perfume, um automóvel, você só os encontra à venda porque o Fabricante cuida da fabricação e distribuição permanente desses artigos. Você já imaginou se de repente o Fabricante perdesse o interesse em fabricar?

Mas que daremos ao Fabricante no *Dia do Fabricante* se, por definição, é ele que fabrica tudo? Nada. Isso mesmo; nada. Para fazer o Fabricante feliz você não precisa lhe dar coisa alguma. Basta entrar nas lojas como se fosse comemorar todos os outros *dias* juntos e comprar jarros inúteis, óculos espelhados com vidros triplanos, copos de plástico berrantes, brinquedos escalafobéticos e jogos incompreensíveis, festejando ao mesmo tempo o *Dia do Cunhado, da*

Amásia, da Vó-Torta, do Síndico, do Chofer Malcriado, do Padre e *do Compadre*. Quando todas as lojas da cidade — e do mundo — estiverem vazias, você terá comemorado plenamente o *Dia do Fabricante*. E também, por mera coincidência,

O dia do otário

Jovem!

Conheci e gostei. Vinte e um anos. Cheio de vida. Combativo. Disposto a mudar o mundo com suas idéias. Discutidor incansável. Curioso de tudo. Me contestou inúmeras vezes, sem sequer prestar atenção para as minhas judiciosas respostas, pros meus sensatos esclarecimentos. Disse o que ia e não ia fazer. Falou de todas as coisas ao mesmo tempo com um entusiasmo incrível. Explicou seus sonhos, seus planos, mostrou certeza de que o país necessita fundamentalmente de sua geração, ou melhor, dele mesmo, jovem, individualmente, que cabe a eles, isto é, a ele, pessoalmente, toda a mudança político-social possível do país. Concluiu dizendo que sua atividade de estudante vai se encaminhar para terrenos profissionais que sejam definitivos para a vida do povo brasileiro e que pretende aproveitar as oportunidades políticas para dar o máximo de si mesmo ao país em que nasceu. Rapaz extraordinário! Parecia até um jovem estrangeiro.

Os anticristos

Quem eram, ou foram, Gaspar, Baltazar e Melchior? Reis, é o que dizem. Mas que reis? Reis com uma distante prévisão socialista? Senão, como se explicar que, monarcas autoritários e personalistas tenham se prontificado imediatamente a prestar homenagens a um recém-nascido cuja missão na terra era, declaradamente, a igualdade entre os homens? Eu disse que eram autoritários: a rapidez com que, conhecida a notícia do advento do Messias, eles se aprestaram a ir até Ele, não pressupõe consulta a um parlamento de nobres, conselho de barões. E um dos reis até levava ouro para Cristo, pouco ouro, é verdade, quase tão simbólico quanto o incenso e a mirra dos outros dois, todavia ouro, evidentemente do erário público, apropriado possivelmente sem pedir licença a ninguém. Três reis vindos do nada, felizes pela abertura de um mundo cheio de paz, bicho, e amor, onde os vagabundos teriam vez igual aos trabalhadores, as prostitutas não seriam pior consideradas do que as damas de bem e o ato de viver seria uma perene e geral aleluia. É difícil de acreditar. E, ao mesmo tempo, se é difícil de acreditar nas suas intenções, a própria ausência de séquito dos reis faz com que a gente duvide até de sua realidade. Vejam as gravuras, leiam as histórias. Nunca se fala que os reis — importantíssimos que eram — viessem acompanhados de embaixadores, bobos, palafreneiros, cozinheiros, concubinas. Não, teriam vindo navegando pomposamente sozinhos pelos areais sem fim, montados nos seus navios do deserto (por outro lado maravilhosamente ajaezados e adornados, como mostram as pinturas), seguindo, confiantemente, a precária orientação da estrela de Nazaré, Kohoutek da época. E eram, na aparência, avançadamente democráticos — está lá o crioulo Baltazar que não me deixa mentir, caminhando com terna fraternidade ao lado do branco Melchior e o trigueiro (ou amarelo, como queria São Paulo?) Gaspar.

Ora, eu já vivi bastante para saber que esse tipo de rei não existe, como não existe o *medaillon-surprise* do restaurante: o que está por baixo é sempre um pedaço de carne, bem ou malpassado. Ou os três estavam em busca de farta publicidade demagógica (e foram altamente bem-sucedidos através dos tempos) ou eram elementos infiltrados no contexto popular (potencialmente subversivo), que via em Cristo o Salvador e a Salvação. Seriam até mesmo alcagüetes do aparelho repressivo de Herodes que, mais tarde, informado por eles, mandaria decapitar milhares de criancinhas (decisão para sempre invejada pelos que querem o controle de natalidade) na esperança de que uma delas fosse o Iluminado. De qualquer forma o gesto dos "magos" não merece a menor fé, e apenas uma certa indulgência se, como última hipótese, fossem apenas três gozadores natos que se apresentaram na cerimônia explosiva com o único fito de avacalhá-la, e lá ficaram, formando um bloco popular, entoando futuros sucessos carnavalescos:

Que rei sou eu
sem reinado e sem coroa
sem castelo e sem rainha
afinal que rei sou eu?
O meu reinado
é pequeno e é restrito
só mando no meu distrito
porque o rei de lá morreu.

A coroa do rei não é de ouro
nem de prata
Eu também já usei
E sei que ela é de lata.

Três gozadores, eu disse. Três palhaços. Três sacripantas. Três iconoclastas. Três réprobos. Três humoristas.

Pequena biografia de alguns rebentos ilustres

PEDRO TICO LAVINHE — Filho de um humilde milionário de Teresina, com mania de explorar experimentalmente os seus empregados para ver até onde vai a resistência do proletariado. Essas experiências, aplicadas no Metrô do Rio de Janeiro, permitiram que trabalhadores ficassem dando duro até 72 horas sem reclamar a menor alimentação. Lavinhe se dedica de corpo e alma à política aduaneira de liberar bagagens de poderosos. Por isso se considera um liberal.

RENATO SIREISILVA, que recebeu esse nome de batismo em homenagem a vários ministros ao mesmo tempo, com 1 ano de idade já engraxava o sapato das visitas importantes e dizia, bem alto: "Que bonita é a sua careca, senhor ministro!" Ficou realmente espantado ao saber que a *PUC* não tem nenhum curso de puxa-sacos, pois mesmo uma pessoa pouco observadora percebe logo que é a atividade mais prestigiada e mais rendosa de quantas se exercem no país. De qualquer forma, Renatinho, quando crescer, vai ser adjunto.

JOSÉ BADALIN DE SOUZA QUINTAS (*MARTITO*) — Desde 1492, quando Colombo deu com os costados na América, seus ascendentes vêm ocupando espantosos cargos públicos, com exceção de um bisavô, condenado a trabalhos forçados porque, inabilmente, se distraiu e afanou pouco.

Martito é um intelectual puro, agindo sempre com todo o respeito por alíneas e a parágrafos do código vigente, mas, sendo necessário, demonstra também extraordinária agilidade com os dedos. Extremamente míope, seu grande sonho na vida é, um dia, ser Homem de Visão.

ANGÉLICA BOMPIANO — Os progenitores — a progenitora mais do que o progenitor — são presidentes de seis departamentos de relações públicas ministeriais. Dirigem também um cursinho de comunicações e uma faculdade subterrânea de relações públicas. Angélica porém prefere muito mais se dedicar às relações particulares. Diz que não tem jeito para andar assim na rua, mas vai à praia num biquíni que poderia ser vendido pela Johnson & Johnson como bandeide. Angeliquinha vem subindo muito. Atualmente já está em seu terceiro milionário.

CARLINHOS NOVA SOARES (*BABY*) — Filho espúrio do nosso estimado amigo e colaborador — não perguntem em que — Reembrant Pessoa Basílico, respeitado técnico em finanças inafiançáveis, considerado extraordinário especialista em crises fiduciárias e mudança súbita de política cambial. Carlinhos, por sua vez, é tido como habilíssimo em vários tipos de contato. Ultimamente vive a bordo do *Concorde*, entre Rio e Paris, com ligeiras paradas no Regine's e no Maxim's. É casado e tem quatro filhos, mas a mulher não sabe.

JOCA NENÚFAR — A mãe e o pai de Joca, com trabalho duro e suado, louvando e puxando todos os políticos no poder, conseguiram comprar um pequeno terreno de 600.000 metros quadrados na avenida Atlântica, no Rio de Janeiro e, um dia, cavando distraidamente (são muito cavadores) no fundo do quintal, encontraram um magnífico reservatório de ouro negro na diretoria da Petrobrás que por acaso ia passando. Joca é partidário ferrenho das eleições indiretas, que não dão despesas com votos, e do cinema mudo, justamente porque não fala.

MARIINHA NINÍ — O avô de Niní foi um incansável defensor da família constituída, além de fundador e principal acionista de uma cadeia de motéis na Barra. Lutou ferozmente pela emancipação da mulher, dando-lhe o direito de trabalhar em igualdade de condições com os homens em suas minas de carvão em Santa Catarina. Niní, seguindo a tradição do avô, também tem batalhado por melhores condições de alimentação popular nos restaurantes de luxo, embora seja contra a campanha *Pechinche* se estender às boates e *night-clubs.*

ADOLFO RITA PASSOS — Dileto rebento do dr. Veiga Contral — que andou sumido uns tempos —, atual diretor-geral das atividades lúdicas dentro do iate transatlântico do Presidente da Automotores Nacional. Adolfinho, apoiado pelo pai, importa motores extras (o barco já tem seis motores) para — pura previdência, lógico! — evitar enguiços do iate oficial no meio da baía de Guanabara. Atualmente passando suas férias no Hipopótamos, Adolfinho está se especializando, na Suíça, em *fondue* de queijo, e contas numeradas.

Como, só eu é que fiquei de fora?

À proporção que, *urbi et orbe,* verificamos estar, afinal, vendo realizado o ideal de Wendel Wilke — *Um Mundo Só* — e percebemos que o mundo inteiro se revela uma malta de corruptos e de corruptores, estranhamente cessa qualquer indignação moral de nossa parte, logo substituída por uma imensa frustração. Quer dizer que só nós não valemos nada? Só a mim não oferecem uma comissão na venda de doze Hércules-130, um *chega-pra-lá* pra fingir que não estou vendo um porta-aviões entrando no porto, carregadinho de Starfighters a preço de banana, só a mim não me mandam uma caixa de dólares — eram enviados em caixa, os dólares! — pra achar que os P-3C Orion são uma verdadeira miragem (em francês: Mirage)! Só de mim a Lockheed não se lembrou, que é que há? Até o príncipe Bernardo, seu! Com aquele jeito manso, aquela altura honesta, aqueles óculos de professor universitário medíocre! E vocês pensam que houve grande revolta nos Países-Baixos? Que nada! O pessoal apenas comentou, de passagem: "Sempre foi o nosso melhor vendedor".

Onde é que eu vivi esses anos todos que não percebi que, em torno de mim, *tava* todo mundo recebendo algum pra matar o bicho, *levando o seu,* pegando o *pourboire*? Como dizia Ademar de Barros, nos seus bons tempos, a um fornecedor perplexo, que bem poderia ter sido eu: "Que é que é isso, meu filho? Por que essa cara espantada? Vai dizer que um homem da sua idade nunca ouviu falar em dez por cento?" *EU* nunca tinha ouvido falar. Nessa escala de jabaculê, nunca! Mas agora, de repente, sei. Aprendi rápido: Nixon, naquele encontro com Chu En-lai trocou Chiang Kai-shek por Ho Chi Minh e ainda deu de volta três pandas brancas; Selassié levava um *cala-a-boca* por rifle adquirido a qualquer preço com pagamento em 55 anos; Chiang Kai-shek, o falecido e já citado, e sua inefável madame se "distraíram" em 3 bilhões de dólares (dos 32 bilhões que os Estados Unidos emprestaram ao casal; eu li isso na biografia de Truman, aquele camiseiro do Winsconsin ou Idaho, sei lá) e empregaram uma boa parte dessa nota em especulação imobiliária em São Paulo.

Tudo isso, é claro, não só me abala o último 0,003% que ainda me restava de fé no ser humano como, mais importante, me deixa com esta cara de pateta de quem perdeu o trem da vida.

E, enquanto o Sol poente cai ali por trás da cordilheira do Leblon, não posso deixar de ficar pensando em qual será o número da conta numerada de Mao, na Coréia.

Direitos e deveres

(...) mas os que sempre se puseram numa oposição desenfreada e irracional é porque nunca leram detalhadamente a nossa Constituição. Senão encontrariam inúmeros motivos para colaborar com o poder constituído, que procura, à sua maneira, melhorar sempre as condições ecológicas e sociais de nossa amada Carnavália:

Artigo 7º, §18: Qualquer industrial pode comercializar mercadorias prejudiciais, perigosas e mesmo letais (isto é, compostas de substâncias inflamáveis, venenosas, ou facilmente deterioráveis, sejam elas para consumo de animais ou pessoas, ou mesmo de crianças analfabetas) desde que imprima no invólucro do seu produto um aviso bem vago, redigido com palavras bem complexas, em tipo grande o bastante para ser lido sem esforço por um microscópio eletrônico à distância de meio milímetro.

Artigo 22, § 12: A Lei não impede, ao contrário, aconselha, a qualquer corporação ou fábrica que deseje violar frontalmente a legislação antipoluição, que a dita corporação ou fábrica tenha sempre, em sua "folha", três ou quatro advogados pertencentes ao Laboratório Bromatológico, ou Departamento de Águas, ou Ministério de Minas, ou Comissão de CPI, para que entidades violadoras possam ser mais bem instruídas quanto ao olho ocasional que o governo está fechando com relação a essas transgressões. O pagamento direto aos membros de conselhos de fiscalização é, claro, rigorosamente proibido e punido por Lei, mas nada impede que se dêem contribuições (dedutíveis do Imposto de Renda) a um programa de reflorestamento numa área onde, por acaso, algum ministro tenha algum parente próximo morando. Ou algum parente morando próximo. No final dá tudo no mesmo.

Artigo 95, § 11: Qualquer industrial do sul pode empregar mão-de-obra do nordeste por preço bem abaixo do salário mínimo vigente em 1945, desde que obedeça explicitamente à letra da Lei que permite 72 deduções do salário do trabalhador nordestino em trânsito por esta cidade com destino ao Cemitério do Caju. Aconselha-se contatos de terceiro grau com autoridades do Ministério do Trabalho a fim de não ser forçado, posteriormente, a contribuições exorbitantes inteiramente desnecessárias e fora da tabela.

Artigo 778: É terminantemente proibido atirar em trabalhadores que chegam ao trabalho com mais de meia hora de atraso ou empregar guarda-costas para socar os que param a fim de engolir saliva entre uma picaretada e outra. Empregadores que violaram esses preceitos em passado remoto algumas vezes tiveram que pagar até dois salários mínimos de multa.

§ Único: Os trabalhadores do Metrô, por motivos de interesse público, estão proibidos de virem à luz do dia.

Vademécum do bom liberal

I — O bom liberal é pelo ensino livre. As escolas serão grátis, as discussões democráticas, e os filhos dos liberais poderão ir pras escolas em seus próprios carros.

*

II — Pois haverá para todos educação artística e sexual. A primeira incluirá modelagem, pintura a óleo abstrata ou hiperfigurativa, e noções gerais de direção de telenovela. A segunda incluirá distribuição de pílulas anticoncepcionais para menores abandonadas mas muito bonitinhas.

*

III — Os medíocres terão as mesmas chances dos talentosos. Serão, porém, esterilizados.

*

IV — O bom liberal é a favor do controle familiar: as famílias pobres só poderão produzir empregadas domésticas na quantidade de seis por casal. Em compensação, as famílias ricas ficarão limitadas à produção de apenas um filho rico.

*

V — Mas ele dará seu apoio a todas as reformas, inclusive as que aterram todas as lagoas e colocam quadras de tênis e campos de futebol em toda a terra.

*

VI — O bom liberal toma todo cuidado pra nunca dizer expressamente sim, ou não. Mas seus olhos claros demonstram sempre suas extremas boas intenções político-sociais.

*

VII — O bom liberal é sempre nacionalista, embora não necessariamente de sua própria nação. Pois sua palavra de ordem — ou de desordem — poderá, ocasionalmente, vir em inglês ou alemão.

*

VIII — Por respeito à mulher, o bom liberal conterá seu orgasmo. Por pudor do pobre só comerá em restaurantes fechados. E por temor do Imposto de Renda providenciará sempre uma escrita dupla.

*

IX — E das revistas exploradoras do pornô e do lenocínio de luxo ele só lerá os artigos de elevada profundidade (viver é um paradoxo) sociológica, sem que seus olhos jamais se detenham nas partes provocantes das nossas mais intelectualizadas estrelas que, nos grandes encartes, colocam a mulher numa nova posição.

*

X — Pois o liberal não vacila no caminho do Bem, que é feito de pedras de conceitos sãos, e no qual só se anda a pé ou de bicicleta.

*

XI — E depois de lutar pela educação sexual, o liberal, naturalmente, só praticará o sexo como é ensinado nas escolas. E, com isso, provará a excelência da múltipla escolha.

*

XII — E fará tudo para que os cabeleireiros atinjam, um dia, o agreste mineiro e o sertão da Bahia. Pois é fundamental que as mulheres pobres se libertem mas continuem bonitinhas.

*

XIII — E será totalmente a favor do diálogo, o bom liberal. Diálogo em várias línguas e muitos dialetos, pois só assim todos poderão viver em paz e, alguns, no conforto.

*

XIV — E, em sua piscina, viagens internacionais, vida airada e gastos suntuários, só lerá livros, ouvirá músicas, verá filmes e assistirá peças de teatro de autores, cantores, cineastas e teatrólogos que acirrem visivelmente o contraste doloroso das diferenças sociais.

*

XV — Pois a idéia do compromisso histórico é fundamental ao espírito do bom liberal e seu rosto se enche de felicidade quando ele ouve, na televisão, que a estrada gigantesca foi feita com imenso orgulho por operários dublados.

*

XVI — Pois sabe, o bom liberal, que toda a crítica deve ser construtiva, de preferência em concreto armado e vidro fumê.

*

XVII — E, naturalmente, tem entranhada, em seu zelo progressista, a idéia de que todo combate à corrupção é moralista, pois não há, na Terra, nada que tenha sido feito sem corrupção.

*

XVIII — Para o bom liberal não é possível nenhum acordo com reacionários e fascistas, sejam eles indivíduos ou nações, a não ser que isso seja vital para indivíduos especialmente particulares e nossa nação como empresa. E chamará a isso de pragmatismo. E seus assessores lhe fornecerão inúmeros antecedentes históricos.

*

XIX — Mas o bom liberal não descuidará de estudar expressão corporal para freqüentar coquetéis e noites de autógrafos e expressão facial para entrevistas com a imprensa e apresentações na televisão.

*

XX — E no âmago de seu espírito democrático será impossível ao bom liberal reconhecer diferenças de pele. Melhor: nem verá que há, na Terra, diferenças de cor de pele entre os homens. Já entre as mulheres isso lhes acrescerá em virtudes e, por isso, o bom liberal será muito chegado a uma mulata.

*

XXI — E para a felicidade plena do bom liberal, um dia todos os cassetetes serão recheados de flores e, aos domingos, conterão sorvetes.

Como...

... SE TORNAR LADRÃO.

— Muitos afirmam que o ladrão nasce, não se faz. Os outros, menos biologais e mais sociais, acreditam que o meio é que faz o ladrão. Existem ainda os *destinatários* que acreditam que quem o faz — o ladrão — é apenas a ocasião.

Embora haja poucas escolas (organizadas!) para pequenos ladrões, existem imensas faculdades e universidades para profissionais de nível superior. Porém a admissão numa dessas academias só é conseguida se você demonstrar: 1) que sabe retirar uma vidraça sem ferir os dedos; 2) que é capaz de desligar um fusível sem provocar um curto; 3) que entra pela janela em qualquer concurso.

As anuidades do curso são pagas, obrigatoriamente, com dinheiro ganho de maneira inortodoxa.

... SE TORNAR MINISTRO.

Embora o cargo de ministro seja uma sinecura, chegar lá é toda uma outra coisa. É trajetória que custa tempo, dinheiro e saco; longas horas de espera em corredores, adulação de gordas proprietárias de veículos de divulgação, consumo, em restaurantes da moda, de comidas e bebidas capazes de ulcerar os estômagos mais fortes, períodos mais ou menos prolongados nas estepes de Brasília, estágios na Bolsa de Valores, enfim, toda uma gama de sacrifícios que exigem robustez física e força moral (de vontade). Por isso é impossível a um homem do povo chegar a ministro, a não ser que venha de um Estado poderoso como, por exemplo, o Piauí.

... SE TORNAR IDIOTA.

Ler diariamente todos os jornais. Assistir, diariamente, os programas do Horário Nobre (quando você começa a usar esta expressão já está no caminho certo.)

... SER UM INDUSTRIAL BRASILEIRO.

Para isso basta ser um industrial americano. Alemão, melhor ainda. Embora o fino mesmo seja ser japonês. O sotaque ajuda muito.

... ENTRAR PARA O CLUBE DOS ALCOÓLICOS ANÔNIMOS.

Um bom começo é ser um alcoólatra notório.

... FAZER PARTE DO CAFÉ (EM PÓ) SOCIETY.

Boa cara, sobretudo mafiosa, total desprezo por meios comuns de subsistência, absoluto tédio em relação à cultura teórica, profunda cultura existencial (saber todas as bebidas, comidas e cheiradas da moda) e capacidade imensurável de gastar dinheiro dos outros, abrirão facilmente para você todas as portas do Café (em pó) Society, aliás sempre franqueadas por delicadíssimos Leões-de-Chácara. Uma vez dentro, você terá apenas que continuar a exprimir, em palavras ou horário de levantar da cama, todo o seu insopitável protesto contra as formas vigentes de trabalho, dando apoio total a todas as formas de frivolidade, em sistemática oposição (seven-to-seven) às inconsistências do nosso sistema.

Pela emancipação do índio

Estranho que haja tanta gente contra a emancipação do índio. É inútil não ser. Não há — que eu saiba — nenhum processo mágico, quer dizer, antropológico, de evitar que um selvagem, ao ser apresentado a um facão de aço ou a um rádio de pilha, não dê um salto (de contentamento) irreversível, para uma civilização séculos adiante. Depois se arrepende. Mas aí já é tarde. *Tá* emancipado. Dona Margaret Mead — que inventou a antropologia das ilhas Samoa, aquela em que você faz uma teoriazinha bem maneira, bem caprichada, sobre costumes e evolução de povos primitivos e sai procurando onde encaixá-la — *taí* que não me deixa mentir.

Foi exatamente a morte de Margaret Mead que me lembrou de escrever esta nota. Pois, é claro, uma civilização mais "adiantada" só teria direito de emancipar o índio se desse a este exatamente o mesmo direito dos emancipadores. No presente caso, brasileiro, o índio poderia escolher, entre os vinte e tais ministros do governo, três ou quatro que seriam também emancipados do ponto de vista indígena. Mais claramente: no momento em que os índios fossem integrados à civilização urbana, o dr. Armando Falcão, o general Golbery e o vice-presidente Adalberto Pereira seriam obrigados a tirar a roupa e ir viver nus no meio do mato, comendo peixe muquecado, morando em maloca e obedecendo à lei do morubixaba[1].

Só desse modo eu estaria em acordo com a emancipação. Só assim poderíamos, dentro de alguns anos, escrever o elogio fúnebre de um índio, exatamente como se faz agora com Margaret Mead:

Juruna — 1944-2039. Morreu ontem, aos 95 anos de idade, num despenhadeiro na fronteira da Bolívia com Mato Grosso, o índio Juruna. Juruna, que morreu vendendo saúde, estudou antropologia no Encosto de Jeribitibá, com os grandes mestres Aruin Kagé e Apô-Arinã Kanela. Ganhou o maior prêmio distribuído pelas tribos do Alto Xingu, o troféu Muruxuxawa, por seus dois notáveis estudos: "Relações familiares e rompimentos de parentalha no clã dos Vilas-Boas" e "A linguagem Cary-Yoca na obra do professor Darcy Ribeiro". Esses trabalhos de Juruna tiveram grande influência na reforma da visão indígena sobre os brancos do sul do Brasil, até a essa altura considerados civilizados.

Juruna fez também o curioso ensaio crítico sobre o que o rádio transistor representa de retrocesso social em relação ao atabaque, mostrando que o atabaque comunica muito mais rápido, é menos neurotizante, não tem estática nem exige reposição de pilhas. Em suas incursões metódicas em regiões completamente perdidas (lato senso), como São Paulo, Rio e Porto Alegre, Juruna constatou a extraordinária capacidade de sobrevivência dos nativos dessas regiões que atingiam a espantosa média de 67 anos de vida apesar de cheirarem quilos de monóxido de carbono, co-

---

[1]Morubixaba: chefe militar, aclamado para a guerra. Quem desempenhava essa função entre os índios devia ter, além de valor pessoal comprovado, a força do tapir, a ligeireza do jaguar, a vista da ariranha, a astúcia do caiarara (macaco), a paciência do jabuti, o sangue-frio da preguiça, a coragem do gavião e o linguajar do papagaio para animar seus homens na luta (Bernardino José de Souza. "Dicionário da Terra e da Gente do Brasil").

merem toneladas de poluentes e arriscarem a vida 24 horas por dia no meio de máquinas mais perigosas do que 1.000 bordunas manejadas por selvagens carijós. Além disso, a monumental divulgação que Juruna fez das práticas sexuais de sua tribo, introduzindo-as entre as adolescentes das discotecas do Rio e Salvador, se transformou num livro que, apesar de sério, é leitura altamente faz-cy-i-nante (em português: pornográfica).

O paralelo da vida de Juruna com a de Margaret Mead chega, algumas vezes, a ser inacreditável. Durante a II Guerra Mundial, todos sabem, Margaret constatou que os habitantes da sociedade lacustre dos Manus de Peri (bombardeados pelos japoneses e ocupados pelos americanos), em apenas cinco anos, saltaram da civilização da pirogas para a dos computadores. Num estudo genial realizado nas cidades de Hiroxima e Nagasáqui, Juruna descobriu algo antropologicamente ainda mais espantoso: uma civilização que, em apenas 24 horas, passou da era da fissão atômica para a era dos hospitais de doenças degenerativas.

A tua consciência social, vai bem obrigado?

Você, de vez em quando, pensa, pois é, não é: se todo mundo estiver bem de vida quem é que vai ser lixeiro? Eu sei, pobre reproduz demais, não é isso? Você, sem querer, não diz que as coisas aqui estão pretas exatamente prum negro? "Eles" não trabalham porque não querem? Pois é, se você dá esmola atrasa o processo de revolta dos destituídos, verdade? Todos os bailarinos são bichas, não acha? E as mulheres que reivindicam, tudo sapatão? Ou "caminhões"? Que é que você pensa de nosso código de censura: um freio natural à licenciosidade porque senão esse pessoal se excede mesmo? Não é melhor a gente aproveitar o que pode enquanto a coisa não muda? Você não perde novela? Acha que, se Jane Fonda não fosse boa, ninguém dava pelota pra política dela? Apesar de comunista, você comunga e confessa todo domingo? Só compra as revistas de mulheres nuas por causa dos artigos? Acha que a violência contra os contestadores não se justifica mas se explica? Aceita os 70 milhões de miseráveis do país afirmando que sempre houve pobres e ricos? Aceita a violência geral com a frase: "Não se pode mudar a natureza humana?" Depois de ficar rico na TV, você vai mesmo escrever um baita livro denunciando tudo?

Ignorantes do mundo, uni-vos!

É um de meus "números" favoritos, e não por especial modéstia mas porque sei que isso me faz mais "humano", confessar minha ignorância. Como agora. Por exemplo: fui mudar o fusível na caixa de luz (ou seja como lá se chama) e fiquei imaginando que, ainda hoje, não entendo nada de eletricidade. O que é, de onde vem, por que acende, onde se estoca. Quando vou às cataratas do Iguaçu, eu sei que aquilo ali caindo, armazenado, conduzido, "gera". Mas como é que ela entra no fio, por que não escorre da parede quando o comutador está desligado, por que não cheira? É claro que eu já ouvi falar em pólo positivo, negativo, amperagem, volts e todas essas coisas. Mas não saber o que elas significam na prática é humilhante. E seria mais humilhante se eu não soubesse que o leitor é tão ignorante quanto eu. Sobretudo se é um eletricista.

Mas sejamos ainda mais honestos e declaremos que a menor das nossas ignorâncias se refere à eletricidade. Confesso que volta e meia tenho que consultar um mapa para rearrumar a África na minha cabeça. E sempre acabo descobrindo um país que eu pensava que era apenas uma cidade. Ou vice-versa. E por isso sempre me rio quando se fala que os americanos (ou os franceses, vá lá) são ignorantes porque não sabem onde fica Mato Grosso. Mas eu pergunto a você: onde é que fica o Mato Grosso de Zâmbia? Ou, melhor ainda, onde é que fica o Mato Grosso na França? O que é que, nos Estados Unidos, corresponde a Mato Grosso? Hein?

Em circunstâncias comuns, é bom dizer, é fácil deixar pra lá a nossa própria ignorância, botar de lado a palavra cruzada difícil, pretextando que aquilo é rebuscamento de dicionarista, ou desligar o programa de perguntas do Sílvio Santos porque "aquelas perguntas são irritantes de tão infantis". Mas, quando chega a hora da "participação" (em que a gente tem que decidir se trata em casa ou corre pro médico, ou se bota o agressivo amigo para fora ou corre ao manual político para lhe responder à altura), é que a nossa ignorância dói mesmo.

E, no entanto, vê bem, meu chapa, eu sei muito mais do que necessito. Esclareço — minha cabeça está cheia de informações absolutamente inúteis. Duvido de alguém que saiba mais fofocas sobre Jacqueline Kennedy do que eu. Nem ela! E Scotland Yard? No meu passado, li tantas histórias de detetives ingleses — a começar por aquelas em que o herói era Sherlock Holmes — que conheço até demasiado bem a grande polícia britânica. Pra quê?

Mas nada disso teria a menor importância e eu conviveria perfeitamente com a minha — e permita, leitora, a tua — ignorância, se eu não soubesse que os homens que governam o mundo são, também, ignorantíssimos. Quanto mais computadores — e maiores — estão à disposição dos governantes, quanto mais serviços de relações públicas, diplomáticos, de informações, etcetera partilham da instrução do Estado, mais erros os Estados e os estadistas cometem. Basta a história próxima pra você saber que a bomba atômica atirada sobre Nagasáqui, depois de mil estudos de como e quando deveria ser atirada, só foi atirada sobre Nagasáqui porque, na última hora, o piloto resolveu se livrar dela de qualquer maneira. Os americanos ficaram tão bestas com a primeira explosão atômica soviética quanto você ou eu. Quando os checos resolveram levantar a crista, os russos levaram muito tempo pra fechar a boca de espanto e só então começaram a juntar aquele milhão de homens, com seus respectivos tanques, na fronteira dos liberticidas para acabar com o baile, a famigerada "Primavera de Praga". O fato é que computadores, serviços de informações, analistas e, no fim da linha, os chefes de Estados recebem, hoje, muito mais informações do que jamais receberam. Mas, transformar isso numa moral coerente e num plano de ação viável é outra lata de sardinhas.

Basta a mais modesta visão das coisas do mundo para você ficar aterrorizado com a absoluta ignorância que os governantes têm, hoje, dos acontecimentos.

Vejam bem, não sou advogado do diabo, isto é, da ignorância. Não desejo reduzir o mundo a meu próprio nível de incompetência. Mas gostaria de colocá-lo em meu próprio nível de — ocasional! — autocrítica. Olha, algumas vezes eu acho que ninguém, ninguém mesmo, por mais sábio que seja ou que se diga, poderia assumir um cargo de governante — de um país, de um Estado ou de uma província — sem provar, na televisão, diante de todo mundo, democraticamente, que sabe mudar um fusível. Eu não sei. Chamo o porteiro.

Mas, e o mundo, tem porteiro?

Os arranha-céus estão envelhecendo

Parece que os edifícios já não são tão novos quanto o foram um dia, e a vida — conseqüentemente — está se tornando veramente insuportável. Esperávamos o elevador, eu e o rapaz de idade indefinível, e o elevador não vinha. Ele me disse: "Estranho, antigamente, me contaram, nascia-se em casas. Eu já nasci num arranha-céu. Quando me contaram, a vida já estava deteriorada. Houve um tempo em que não estivesse?" Fiz um aceno com a cabeça de outros tempos. Ele continuou: "Acho que o elevador mais uma vez enguiçou. Vamos pela escada." Assenti e, para escapar ao constrangimento de ser conduzido facilmente, fiz — acho que fiz — uma piada: "Mexa-se!" Subimos.

Primeiro andar. Ele me disse, ou melhor, falou pra si mesmo: "Dizem que era muito bom, casa. Uma pessoa em cada uma, às vezes uma família inteira."

Terceiro andar. Nas largas aberturas de vidro vê-se todo o exterior do mundo. Ele falou: "Às vezes penso o que é que estou fazendo aqui. Aquele negócio que li numa folhinha. 'Cheguei muito tarde num mundo muito velho.'"

Quinto andar. Um pouco resfolegantes já, mas, honra me seja feita, ele um pouco mais do que eu. Talvez porque eu tenha mais experiência em continuar respirando em situações difíceis. Ele: "Falam muito em subalimentação. Ninguém fala de subvisualização. Às vezes não dá nem pra olhar. Nem há o que olhar."

Sexto andar. Já mais de 20 metros acima do solo, que se oferece mais atraente, à medida que se afasta. Lembro Di Cavalcanti, me dizendo num edifício de arquitetura *moderna*, em São Paulo: "É preciso ser um bocado macho pra chegar nessa sacada". O rapaz diz: "Tem gente que tem medo de altura e não gosta de morar nesta espécie de edifício".

Oitavo andar. Ele falou: "Diz que antigamente as pessoas tinham objetivo. É mesmo?"

Décimo andar. Ele, de novo: "Realmente, não tenho nada a perder, mas parece que é mais difícil deixar nada do que alguma coisa. O senhor acha?"

Décimo segundo andar. Ele: "Meu pai me dizia que antigamente tinha gente que nascia e morria na mesma casa. Devia ser bacana, *integrado.* Feliz. Feliz? Era mesmo assim?"

Décimo terceiro andar. Ele: "Toda a vida num lugar só, uma visão única e profunda do universo."

Décimo quinto andar. Os grandes painéis de vidro abertos dando para o solo uns 50 metros abaixo. Ele parou um pouco, respirando fundo, disse: "Foi nesse pedaço que eu entrei, há 24 anos atrás". E saltou no espaço.

Reflexões vazias sobre higiene histórica

Sabido: Pilatos condenou Cristo e, depois, lavou as mãos. Assim como quem diz: ""Nem *tou* aí", "Vocês é que decidiram", "Não me comprometam". Mas, atentem bem, ele não disse nada disso. Sua frase "Lavo as mãos" não contém, necessariamente, nenhuma dessas conotações. Pilatos apenas lavou as mãos e, ao lavá-las, pronunciou a célebre frase, visivelmente óbvia, sem a menor imaginação, sem sombra de criatividade: "Lavo as mãos". Pilatos devia ser o supino do quadrado, burrão mesmo. Já viram? Lavar as mãos e dizer: "Lavo as mãos"? Ora, ora.

Mas, que poderia ele dizer: "Lavo os pés"? Claro. É o que qualquer estadista medianamente competente diria. Mas essa não era a dele, a do Sátrapa, do Grande Pretor, de Pilatos. Por isso ratificou uma ação simplória numa frase idem. Não importa, porém. Qualquer frase que pronunciasse naquele momento ficaria célebre. Afinal, estava condenando à morte por crucificação nada mais nada menos do que o famoso J. C. Daí o fato de não ter querido decidir. Amarelou na finalíssima. Do que resultou, proposta por ele, uma eleição: direta, direita, popular, democrática. Deu ao povo, à turbamulta, a escolha entre Cristo e Barrabás. Proposta, porém, aqui entre nós, matreira, muito péessedê: o povo sempre absolve Barrabás.

Por não ter decidido ele mesmo, Pilatos foi tachado para sempre de omisso, frouxo, líder que abdica de suas responsabilidades, chuta pra córner: "Lavo as mãos". "Lavo as mãos" ficou sendo o símbolo eterno da isenção com aspas. Mas, atentem bem para a construção semântica, examinem com rigor o sentido da frase. Lingüisticamente ela nada tem a ver com indecisão. E historicamente é posterior e alheia ao ato fundamental. Se, em vez de "Lavo as mãos", Pilatos tivesse dito "Vou tomar banho", "Vou dar uma cochilada", "Corto as unhas", ou ainda "Vou pastar", teriam ficado também como símbolo da pusilanimidade, fraqueza de julgamento. Ainda bem que Pilatos não sentiu dor de barriga.

Pilatos condenou Cristo e depois lavou as mãos. Pra mim, como para qualquer observador mais atento, nada tem a ver com nada. Talvez ele estivesse apenas ironizando um costume higiênico da época: lavava-se muito as mãos, mas só as mãos. Ou talvez o ato higiênico tivesse uma motivação precisa, nada irônica, anterior ao fato-condenação e postergado pelo mesmo: Pilatos queria lavar as mãos. Passado o ato executivo, Pilatos voltou, imediatamente, à sua necessidade física, lavou as mãos, e disse o que fazia: "Lavo as mãos". Mas pode também ter acontecido o contrário, a necessidade ter sido posterior: ao assinar a condenação é que Pilatos se sujou, não moralmente, mas fisicamente mesmo, de tinta. Por isso teve que lavar as mãos. Mas disse "Lavo as mãos" e, dado o momento, a frase adquiriu a sua conhecida conotação retórica, histórica, imortal.

CONTROLE DE POPULAÇÃO:

Por que não dizimar?

Tenho a impressão de que o pessoal não lê história. *Tá* tudo lá. Agora, por exemplo, ficam propondo fórmulas incríveis de conter a população — pílulas, dius, diafragmas e o escambau — quando já existe há milênios, barato, prático e regulamentado, o dízimo. É só pegar um em cada dez cidadãos e dizimá-lo. Isso traz a vantagem do controle populacional imediato, sem demora, à minuta. Sem falar do número de empregos de dizimadores que o processo criaria. A tecnocracia (já por si mesma tão dizimadora) iria ter um verdadeiro *boom*. Embora com o decorrer do tempo — se é que esse tempo já não chegou — os tecnocratas também tivessem que ser dizimados, a verdade é que, enquanto o dízimo não chegasse lá, a tecnocracia viveria dias de fastígio.

O dízimo deveria ser feito ou por sorteio (cada cidadão põe a mão dentro de um chapéu e tira um papelzinho; se sair o número dele, crau!) ou por escala social. Pobres primeiro; em alguma coisa pobre tem que ter preferência! Em seguida viriam os intelectuais, depois os críticos de teatro (que, sendo apenas seis, poderiam ser eliminados todos de uma vez), logo os "paisanos" de modo geral, os banqueiros e, no fim, naturalmente bem no fim, os militares. O dízimo tem, além do mais, a vantagem de, como o nome indica, ser decimal. Dizimada uma classe basta cortar o zero do recenseamento dessa classe, descontar essa cifra do total e a classe está restaurada em sua plenitude, nos seus 100 por cento, pronta para ser dizimada novamente. Prático, *no, mamita*? Que tal a idéia? Vamos dizimar? O quê? O AI-5 fez isso por mais de 10 anos? É mesmo, seu!

Zeca Desaviado Algarávio

"Homenagem" a Antônio Houaiss

Podia ter seguido reto;
Não quis.
Dobrou na quarta
Andando em xis
Atravessou um terreno
Ziguezagueando
A caminho do galeno
Olhando as alfombras
No matizado geral de luz e sombras
O variado general da patuléia
À luz da lâmpada febéia.
Mas, súbito, parou, titereando
Perdido nas encruzilhadas
Verticais-horizontais
Das ruas-palavras-cruzadas
E não encontraria a casa do esculápio
Não fosse uma velha, analfabeta,
que respondeu: "Larápio?"
E o conduziu à sua meta:
"Dr. Simplório:
Língua, Garganta e Palavrório".
Ele entrou no consultório
Inibitório
Sentindo a graveolência

Do dia-a-dia
Da iatrologia.
O doutor lhe perguntou o que sentia
E ele disse, sem receio:
"Cefalalgia, certo revoluteio,
Emicrania
Como uma verruma
Oniro sempre (sonhava)
Narcose nenhuma (e não dormia)".
O doutor respondeu:
"É muito simples:
O senhor sofre de logoglifia
Tem anfigures, sínquises, hipérbatos
E hip hipo dimirfias.
Leia Millôr, três vezes no dia,
Pra sua polisinonimia
E mais dois millôres à noite
Para a sua holofrasia.
Seu nome?"
O etimólogo usou
seu trivial semântico:
"Zeca.
Mas pode me chamar de
Onomântico."

Fascínio

No centro, os dois pequenos buracos se abrindo num promontório embaixo do qual outro buraco, um pouco maior, no sentido horizontal, ao abrir, mostra o brilho ocasional de retângulos de esmalte claro, quase branco. Em cima duas contas brilhantes, cor verde-cinza, capazes de um movimento rápido e inesperado. Riscos em volta, uns mais profundos, outros menos, sinais do código do tempo representando número de anos. Cada risco um determinado número de anos. Olho, fascinado. Todo dia olho, fascinado. Colados à direita e à esquerda do círculo em que se incrustam os buracos e as contas brilhantes acima, dois pedaços mais ou menos semicirculares do mesmo material da estrutura geral servem para captar sons, como conchas de um aparelho acústico. Pontos negros, marcas, cicatrizes de acontecimentos de outra forma esquecidos. Eis minha cara. Olha-a sempre e muito. Tenho mesmo a impressão de que jamais olhei tanto, tanto tempo, tantos anos, todo dia, uma mesma coisa. Gosto dela? Não gosto? Qual a minha opção? Só a de não olhá-la. Mas que outra se ofereceria assim, com tal intimidade, entra ano sai ano? Tenho de olhá-la para sempre e um dia. Ela me representa mais do que qualquer outra coisa, meu reflexo e minha delação, as pessoas me julgam por ela, me acusam por ela, me amam por ela e por ela me detestam. Na minúcia de seus poros, porém, só eu a conheço. E, se não a amo, não posso abandoná-la. O único afastamento que me permito é do próprio espelho, eu caminhando de costas, sem tirar os olhos dela, até que ela desapareça numa curva do quarto e eu possa ter a impressão de que nunca mais vou vê-la. Pura ilusão, porque o fascínio meu por ela é apenas igual ao dela por mim. Ao me sentar, sozinho, para tomar um uísque no bar vazio e enquanto espero alguém, a primeira coisa que vejo é ela, ali no espelho à minha frente, me olhando curiosa, esperando, melancólica, por um uísque igual ao meu, servido do mesmo jeito, ao mesmo tempo, pelo mesmo garçom.

Ministro da economia falando na TV

É evidente que os que exigem definições quanto ao futuro de nosso desenvolvimento econômico pensam em formas retrógradas de economia. Do tempo em que havia certeza de critérios. Os monarcas monarquizavam, os presidentes presidiam e os economistas recebiam suas comissões na boca do cofre.

Mas, desde o momento em que Adam Smith, em conjunção astral com Roscher e Bucher, revolucionou os métodos de análise[1] e passou a apontar uma pansociologia influindo sobre a economia, invertendo o processo marxista da pan-economia dirigindo o processo histórico, ninguém a pleno direito poderá exigir de nós que deixemos de comer nosso feijão — no caso, beber nosso uísque — porque não conseguimos baixar o preço do litro, perdão, do quilo. Mais um, por favor!

Vejam bem: quando, no ano 7533 a.C. — a sigla, diga-se de passagem, só foi criada no período d.C. —, os *homo* ainda não *sapiens* mas já bastante espertinhos, das cavernas de Altamira, começaram a pintar búfalos e bisões nos seus tetos (aliás, um processo curioso: eles subiam uns nos ombros dos outros para alcançar o teto com o único objetivo de perturbar os historiadores do futuro, fazendo-os crer que: a) eles já conheciam a escada; b) o chão da caverna

[1]*Die Nationalokonomie der Gegenwart und Zukunft.*

cedeu depois de alguns milhares de anos), criaram uma busca artificial no mercado de cavernas. Todas as donas de casa *bem* passaram a só querer morar em cavernas com tetos ou paredes devidamente bufalizadas ou bisoneadas.

A especulação imobiliária, é lógico, começou imediatamente a solicitar o trabalho de todos os artesãos hábeis para que eles pintassem mais e mais cavernas. Isso num prazo médio, arrancando trabalhadores da indústria de couros de bucéfalos — que curtiam uma boa —, trouxe a queda do dente-de-sabre, moeda da época, e o fim do período sumeriano. Estão me acompanhando? Obrigado, tomo outro, sim.

A traição de Judas, alguns séculos mais tarde, traria também a queda do talento no mercado bursátil de Samarkanda, pois, depois da crucificação, todo mundo começou a se desfazer de seus títulos do cristianismo. Fica assim claro, acho!, que não são os economistas que dividem a economia, mas, pelo contrário, é a economia que divide os economistas. Sendo que quem divide tudo mesmo é a maldita Sociologia, que teima em não se enquadrar em nossos gráficos e esquemas. Aceito, sim. Uma pedrinha só.

Ora, assim sendo, nada mais razoável que as inúmeras influências alienígenas já apontadas por Malthus, um economista britânico, ratificadas por Ricardo, um economista judaico, e exaustivamente analisadas por Galbraith, um economista muito elegante, esclarecem definitivamente aquilo que, para o bem e para o mal, temos que confessar, porém nunca de forma histérica, se passou a chamar, isto é, a oposição chama, uma inflação — jamais uma estagflação! — de 83% no semestre.

Na próxima semana, se os astros estiverem propícios, voltarei para lhes apresentar novas desculpas esfarrapadas. Um pra estrada? Bota aí!

Tópicos românticos e nostálgicos

(Por um homem que viveu lá)

I) OS PODEROSOS

Todos os poderosos só querem o bem do povo e você nem imagina o que já fizeram de sacrifícios! Se eles se vestem assim tão bem, e só andam nesses carrões, e moram nesses palacetes, é para mostrar ao povo o que gostariam que todo o povo usufruísse. Agora, tem dia em que os poderosos acordam na fossa e ficam pensando por que é que fizeram tanto esforço pra serem poderosos. Muita gente acha que todos os poderosos deviam era acabar na cadeia a pão e água pra ver o que é bom. Mas quem é que ia botar eles lá? Outros poderosos?

II) O BRASILEIRO

O brasileiro é um povo cheio de cordialidade e bom coração. Os que saem no jornal roubando os pescadores, correndo atrás de estudantes e matando o priminho a paulada não são os brasileiros típicos. Vai ver são até naturalizados. O brasileiro é alegre, bom trabalhador e sempre pronto a ajudar o próximo. Quando você vê na rua um cara triste e vagabundo procurando briga, pode perguntar a ele *who are you?*, porque é um americano. O brasileiro fica na fila do INPS horas e horas sem nem se importar. Se você vê alguém fazendo baderna na fila, nem paga dez; é um danado de um estrangeiro naturalizado que não compreende o nosso temperamento pacífico e ordeiro. Ninguém joga futebol como o brasileiro, ninguém tem o jeitinho do brasileiro e nenhuma mulher tem a graça e o veneno da mulher brasileira. Eu inda espero um dia ver essa lei que proíbe livros e revistas proibindo tudo que é gringo de baixar aqui na terra conspurcando esta ilha do Augusto da Paz.

III) O FUTEBOL

O futebol é o esporte nacional. Glória do Brasil. Onze latagões, tratados a pão-de-ló, cuidados pela cibernética, pagos como marajás e divulgados como estrelas de cinema, entram em campo para defender, a ferro e fogo e muito pontapé, a honra da pátria. De vez em quando passam seis meses sem fazer um gol, mas se explica. Futebol é assim mesmo; o ferrolho não deu certo, o WM não funcionou, o 3-4-3 já era. Porém eu estou seguro de que qualquer artista plástico tratado como um jogador de futebol pintava pelo menos uma Capela Sistina por semana.

No fim, vai ver, o sucesso do futebol é que ele é igualzinho ao Brasil. Não tem lógica.

IV) *JET SET, BEAUTIFUL PEOPLE*

O pessoal do *jet set* é todo muito bonito e muito barulhento. Às vezes, quando você olha bem de perto, tem umas velhotas horrendas chorando num canto, mas é melhor você fingir que nem repara.

Para ser *beautiful people* não é preciso ser *beautiful* e muito menos *people*. Basta você ter um copo na mão e nenhuma idéia na cabeça. Outra coisa importante para ser *jet people* ou *beautiful set* é você olhar sempre pra muito longe da pessoa com quem está falando. Isso deixa ela muito insegura e disfarça o quanto inseguro você está.

Outra coisa ainda: você deve olhar com desprezo o intelectual, se você é *beautiful*, e desprezar o *beautiful* se você é intelectual. Também uma vez ou outra você tem que dizer que algo ou alguém é *ma-ra-vi-lho-so* ou qualquer outra palavra altamente elogiosa desde que imprecisa, multissilábica e muito bem *si-la-ba-da*. Mais importante do que tudo, nas reuniões dos *beautifuls* e dos *people* é nunca dar bandeira e não se espantar nem um pouquinho quando, às 3 horas da manhã, todo mundo começar a cheirar açúcar. Ou será polvilho?

V) OS DONOS DA COMUNICAÇÃO

Os presidentes, os ditadores e os reis da Espanha que se cuidem porque os donos da comunicação duram muito mais. Os ditadores abrem e fecham a imprensa, os presidentes xingam a TV e os reis da Espanha cassam o rádio, mas, quando a gente soma tudo, os donos da comunicação ainda *tão* por cima. Mandam na economia, mandam nos intelectuais, mandam nas moças fofinhas que querem aparecer nos shows dos horários nobres e mandam no *society* que morre se o nome não aparecer nas colunas.

Todo mundo fala mal dos donos da comunicação, mas só de longe. E ninguém fala mal deles por escrito porque quem fala mal deles por escrito nunca mais vê seu nome e sua cara nos "veículos" deles. Isso é assim aqui, na Bessarábia e na Baixa Betuanalândia na época do plantio das bananas. Parece que é lei. O que também é muito justo porque os donos da comunicação são seres lá em cima. Basta ver o seguinte; nós, pra sabermos umas coisinhas, só sabemos elas pela mídia deles, não é mesmo? Agora vocês já imaginaram o que sabem os donos da comunicação que só deixam sair 10% do que sabem?

Pois é; tem gente que faz greve, faz revolução, faz terrorismo, todas essas besteiras. Corajoso mesmo, eu acho, é falar mal de dono de comunicação. Aí tua revolução fica xinfrim, teu terrorismo sai no jornal em corpo 6 e se você morre vai lá pro fundo do jornal em quatro linhas.

VI) LÓGICA TECNOCRÁTICA

O bom da lógica tecnocrática é que ela tem cara de lógica, rabo de lógica, rugido de lógica, mas só encaixa a martelada.

Me lembra a retificação publicada por aquele jornal muito na dele, muito "nós também reconhecemos nossos erros porque somos democratas paca", vocês manjam?: "O esquema das palavras cruzadas que deveria ter sido publicado no *Diário* de hoje, por um lamentável engano saiu publicado na edição de ontem, junto com a solução do esquema que deveria ter sido publicado antes de ontem. Por isso o esquema que devia ter saído ontem é publicado hoje, junto com a solução do que foi publicado na sexta-feira passada, a fim de que o leitor possa corrigir o *seu* engano".

Se o (meu) leitor quiser, pode colocar o plano acima sobre a próxima explicação do ministro do Planejamento e vai verificar que o esquema de 1977 saiu com a solução de 1975.

VII) DISTENSÃO

Tem gente aí que pensa que o presidente pode chegar de repente e dizer: "Pronto, estamos distendidos!" Não é assim não. Roma não se fez num dia. Ou melhor, não se desfez numa noite. Tem que ir aos poucos. "Lento e gra-

AINDA FALTA ALGUM LIB?

Depois de tantos movimentos de libertação, do Negro's Lib ao Woman's Lib, do Gay's Lib ao Old Men's Lib, parecia que nada mais havia a liberar. A verdade é bem outra:

GAGO'S LIB

Reivindica para os gagos, no rádio e na televisão, cargos de locutores em proporção igual aos ocupados por profissionais *normais.* O Gago's exige também que todas as lojas empreguem gagos a fim de que os compradores gagos não sejam humilhados diante da fluência dos balconistas ingagos. Nos programas de testes, os gagos terão o dobro do tempo para responder às perguntas. Todos os programas humorísticos terão pelo menos duas piadas com gagos imitando pessoas de fala normal. (Esses *gags* só poderão ser escritos por *gago's men*).

BURRO'S LIB

Exige que as conversas sociais deixem de ser excessivamente brilhantes para que os burros participem mais da vida cultural. Os burros já estão cansados da discriminação que os faz chegar numa reunião querendo falar da última novela de televisão, ou contar o enredo de uma pornochanchada, ou descrever detalhes da cobertura com vista pro mar que compraram em Mato Grosso do Sul e as pessoas em volta não se interessarem e começarem a comentar o Welt Ordnung, as conseqüências ergográficas da ontologia prática ou a utilização de computadores na análise do *kitsch.* Estranho o movimento ter começado tão tarde já que representa a maioria e sempre teve representantes nos mais altos postos do país.

POLÍCIA'S LIB

Com o agravamento das condições sociais de vida nas principais cidades, cresceu o número de marginais, conseqüentemente o número de assaltos, portanto o perigo de andar nas ruas. Esse perigo, é claro, atinge os policiais mais que qualquer outra classe de cidadãos. Se o ladrão arrisca sua vida num assalto que ele próprio planeja, que podemos dizer do polícia, obrigado a participar do assalto planejado por outros, cujo enredo lhe é completamente estranho? Por isso os policiais reivindicam que os assaltantes, por um princípio mínimo de ética, passem também a usar uniformes, não usem armas da polícia e, quando trabalharem com automóvel, tragam "Ladrão" escrito de modo bem visível na carroçaria da viatura a fim de que os defensores da ordem possam se afastar com a maior rapidez.

LELÉ'S LIB

Os piradinhos também exigem mais respeito. Afinal, tem mais gente como nós lá fora do que aqui dentro. Sem falar que os malucos não fazem mal a ninguém. Nunca se viu 300.000 malucos invadindo o território de outros 300.000 malucos. Foram os "sadios" que tocaram fogo em Roma, puseram Incitatus no Senado e inventaram a desintegração atômica. Enquanto isso Van Gogh pintava à beça. Nietzsche escrevia à beça e Delfim Moreira, bem, Delfim Moreira abria a avenida Delfim Moreira, no Leblon. Diante da impossibilidade de internar todos os ditos bons, os lelés querem apenas proibir a entrada deles nos hospícios.

ANÃO'S LIB

Os baixíssimos (como querem ser chamados) exigem das classes dominantes (os caras com mais de 1,30 metro de altura) uma total modificação no urbanismo: para cada edifício de dez andares com 30 metros de altura, um edifício de 10 andares com 8 metros de altura. Isso mostrará que a verdadeira revolução da qualidade de vida está com os anões — invencível porque biológica. Só com o aumento de anões no mundo teremos casas menores, carros menores, mesas menores e cigarros extralongos bem curtinhos. Os anões exigem ainda basquetebol com limite de altura e pagamento de *royalties* pelo uso de figuras de anões nos jardins grã-finos.

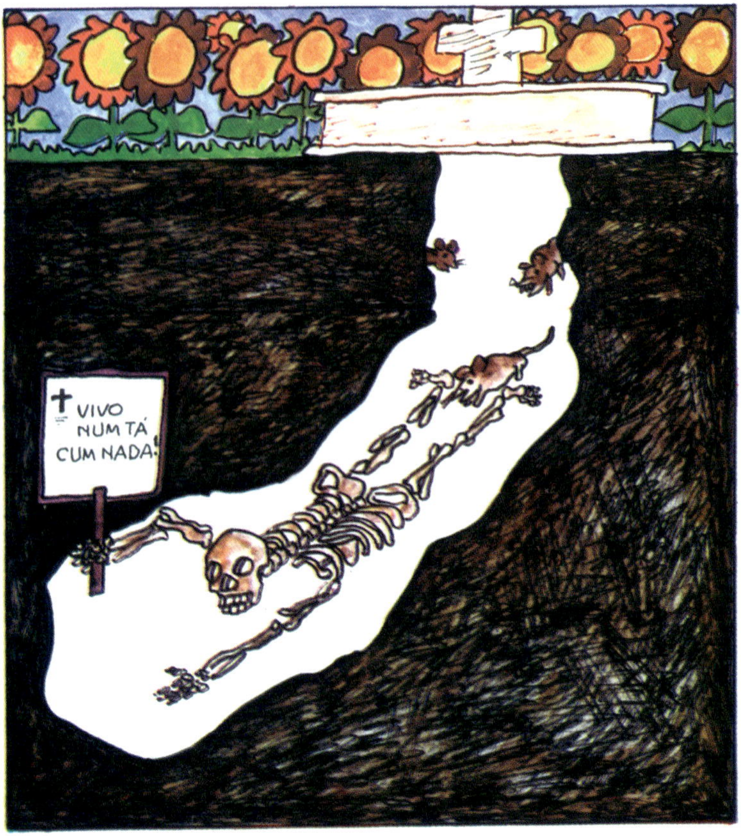

DEFUNTO'S LIB

Os defuntos reivindicam, já que são maioria absolutíssima (para cada vivo há pelo menos 100 milhões de mortos), que o mundo seja constituído de dois terços de cemitérios. Isso trará a total despoluição da Terra, que poderá voltar a ser toda de jardins, pois as edificações dos mortos nunca têm mais de 2 metros de altura. Os defuntos querem também o título de "Maior Movimento *Underground* do mundo".

CANALHA'S LIB

Movimento destinado a impedir que nos filmes, novelas, livros e poemas os canalhas continuem a ser apresentados como... canalhas. O movimento exige, primeiro, que a mídia não lhes deturpe a imagem, colocando-os, irrealmente, como perdedores. A história prova que os grandes canalhas não só ficaram ricos, poderosos e influentes; também foram eles que diminuíram a monotonia da vida. São os canalhas que arquitetam os grandes roubos, os crimes impunes e as tramas sinistras na política e nas finanças. E vocês já viram algum canalha perdendo tempo, dias e dias seguidos, interessando-se pela rotina de um pai de família exemplar? No entanto, qualquer mãe de família é capaz de deixar o jantar queimar para não largar no meio a notícia do assassino-traficante-ladrão-cínico-irrecuperável. Sem falar que, na vida real, a mocinha acaba sempre casando com o canalha e, o que é pior, perdão, melhor!, sendo muito feliz. Homem de bem ganha pouco e é muito complexado. Canalha, entre outras coisas, não gasta com psicanalista.

HORROROSO'S LIB

Como os lindos, os horrorosos pleiteiam também admiração por sua feiúra. Dagora em diante o Congresso deverá ser representado não por legendas, distrito, setor profissional ou sexo (metade homem, metade mulher), mas sim por critérios estéticos (90% de horrorosos e 10% de lindos, mantendo-se a proporção da vida comum). Os bonitões definitivamente não representam o povão! Sem contar que foram os bonitões que mataram Júlio César. Foram os bonitões que liquidaram Lincoln. Foram os bonitões que destruíram Wilde. Helena causou a guerra de Tróia só por ser bonita. Ninguém briga pelas mulheres hediondas. Moral: a feiúra traz a paz. Os horrorosos exigem concurso de feiúra em vez de concursos de beleza; e costureiros e cabeleireiros especializados em ampliar os defeitos das pessoas em vez de disfarçá-los para impor o padrão do opressor belo. As novelas de televisão serão obrigadas a apresentar cenas promovendo os horrorosos. Por exemplo: na cena de amor mais intensa, na hora de ir pra cama, o mocinho deve, tranqüilamente, tirar a dentadura e a mocinha tirar a peruca e o olho de vidro, orgulhosos de mostrar como são vomitivos.

OBSERVAÇÕES PARA MASOQUISTAS DE SEGUNDO GRAU

Quando você vai atravessando a praça (falei *a* praça deliberadamente. No Brasil elas são tão poucas que cada cidadão só tem o privilégio, na vida, de atravessar uma), sempre vê passarinhos voando. Alegres — álacres — livres, na deles. Você os observa invejoso e, logo, assustado. Pois lhe vem o pensamento de que, talvez, um deles khaguy na sua cabeça. Daí a pensar que o avião que vai passando, aparentemente tão livre quanto o passarinho, tem a bordo um seqüestrador que vai explodir uma granada fazendo o avião ir pelos ares, deixando cair uma roda a 150 quilômetros de velocidade exatamente em cima da sua malfadada cuca, transformando-a numa pasta irreconhecível, é só um passo.

De repente, no meio da bela viagem aérea (você não é desses que têm medo de avião, entra em qualquer Jumbo com apenas 2 litros de uísque no bucho), você se descobre intensamente preocupado. Falhas técnicas, falhas humanas, aquele negócio. Qual! Aviões superestudados, hiperdesenhados, testados e retestados. É bem verdade que o Concorde, feito pela França! e pela Inglaterra! — e pela Rolls-Royce, seu! —, custou seis vezes o preço orçado. E o Tupolev russo caiu exatamente ao fazer manobras para impressionar os compradores. Bom, mas o piloto não ia voar num avião que não fosse seguro. Agora... se, numa dessas, o piloto malucasse? Ia ter o cuidado de mandar todo mundo descer antes, ou, simplesmente, botava o nariz da aeronave em direção à primeira montanha à sua frente e... hi... hi... hi... hi...???!!!!!

Você está comendo pastel de fígado gordo ou, se prefere em francês, *patê de foie gras*, quando começa a lembrar histórias que lhe contavam na infância: a lingüiça só se fazia com o dedo mindinho de criança malcriada, os chouriços com resto de cadáver de meninos gordos. Essa massa agradável do patê não será feita com tripas de gato? Cocô perfumado? Gordura de velha misturada com sebo de vira-lata? Você aprecia mesmo esse gosto estranho ou foi levado a ele por uma sofisticação imbecil que a sua origem de Patolé de Minas não comporta? Você sabia que o *patê de foie gras*, o melhor, é feito com fígado de ganso podre?

Você estava vendo a TV, apreciando o Jô e o Chico Anísio e, de repente... Foi a luz que apagou ou a *sua* luz que apagou? Você sabia que, em certos casos (extremos, é verdade, até hoje só dois — um em Tóquio, outro em Guadalajara), a luz dos tubos catódicos vai potenciando na vista do telespectador e pode cegá-lo subitamente? Você tem sentido uma comichão no olho esquerdo? Repare: é falta de energia... mas você está escutando o som! Terá enguiçado só a imagem? Por que você não acende um fósforo para se certificar de que não ficou cego? Calma! Calma!

Você *tá* guiando seu magnífico Karmann Ghia a 100, 150, 200, naquele afã de superação inversamente proporcional à idiotice e baixo índice intelectual de quem guia. (Meus amigos cada vez vão a Cabo Frio em menos tempo: duas horas e 10, uma hora e 40, uma hora e 20. Eu, noutro dia, bati o recorde de todos: fui a Cabo Frio em oito horas e 90.) O carro voa. A euforia é total. Há muito tempo você não se sente tão feliz. Retas. Curvas. Lá adiante, numa curva a 1 quilômetro, magnífico poste. Você lembra de John Garfield, de James Dean, pilotos kamikases, mortes gloriosas, vê seu retrato no jornal, ainda jovem e belo, e resolve, por um instante, não fazer a curva, pisar fundo no acelerador e continuar, a 180, em frente, em frente, em freeeenteeee!!!

Você está jantando, como faz três vezes por semana, no famoso restaurante *Ragoumárioantonino's*. Está porque pode. Cinqüenta mil pratas por mês, só mulher e um filho, *dá*. Você se sente bem, pensa na Idade Média, nem um príncipe tinha serviço semelhante. Garçons, maîtres, cozinheiros, música, tudo sempre à sua disposição, sem contar vários cardápios pra escolher e várias adegas à sua vontade. E, além do mais, na Idade Média, os príncipes corriam sempre o risco de serem envenenados. Tanto que tinham provadores. Hoje não é preciso. Espera aí; por que não é preciso? Você sabe quanto ganha um garçom, mesmo num restaurante de luxo? Você sabe quanto ganha um maître? E um cozinheiro? Por que eles estariam sempre contentíssimos em servir você? Você já pensou que eles jamais entram como fregueses num restaurante desses? Você não acha que tudo somado, cada cliente também deveria ter seu provador? Por que eles haveriam de adorar um rasgador de dinheiro feito você, enquanto, possivelmente, têm problema de como pagar o colégio do filho? Eles não iam arriscar te dar uma dor de barriga só para gozar um pouco a tua caveira? Caveira? Repara bem; o gosto está *squisito*, como dizem os italianos, ou está pura e simplesmente esquisito?

Você está belamente instalado no seu maravilhoso apartamento com vista para o mar, vidros fumê, esquadrias de alumínio et cetera e tal, quando sente um vago cheiro de carne assada. Carne assada! Há quanto tempo você não sente esse cheiro familiar de carne assada, doméstica e maternal. Doméstica e maternal num apartamento de tal luxo? *Pera* aí, a cozinha é muito distante. O cheiro é muito forte. Tem alguma coisa queimando aí. Tem *alguém* queimando aí. Mas como? Você viu quando comprou, o edifício é inteiramente à prova de incêndio. Pois é, mas o Coconut Grove também era. E o Joelma, não era um edifício seguríssimo, até com financeiras poderosíssimas lá dentro? Bem, mas edifícios com financeiras e caixas econômicas são feitos mesmo pra torrar. São tradicionais coincidências. Puxa, mas está quente, apesar do ar-refrigerado central. Sem querer você se encaminha pra saída, pra olhar o corredor. O vizinho do outro lado está falando com a outra vizinha. A aparente calma deles não te engana. E, enquanto você se dirige pra eles, fingindo uma tranqüilidade que não está em suas entranhas, começa a pensar em "Falta de respeito pela vida humana!", "Um senhor conseguiu escapar com queimaduras de segundo grau!", "O sinistro começou no 3º andar!", "O governador era sócio da firma construtora!", "Está sendo elaborado um novo código de obras com vistas à proteção contra incêndio..." Etc...

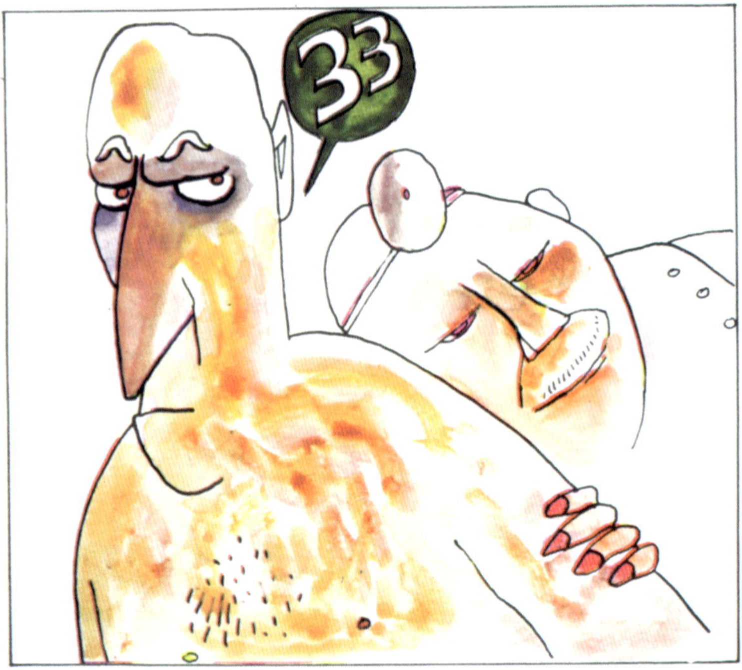

De repente aquela dorzinha aqui assim. Você finge que nem liga. Dói um pouco mais, durante dois dias. Você se resolve à suprema e perigosa aventura; vai ao médico. Espera na sala de espera. Espera na sala de consulta. Ele entra, seguro como todo médico (por que todo médico é tão seguro?), examina pra lá, examina pra cá, você lembra histórias de pessoas que estavam sem nada um dia, no outro já tinham arrancado as trompas, um olho, três seios e a carteira de cheques. E pensa na própria profissão. Se você examinar todos os seus colegas, vai encontrar, com muito boa vontade!, 1 (um!) competente em cada dez: o resto são idiotas, desonestos, preguiçosos, pretensiosos, et cetera. Os médicos, mesmo os bons, sofrem dessa suprema doença médica que se chama presunção. É no baço que você sente dor? E se o *seu* médico faltou à aula exatamente no dia em que o professor ensinou baço?

dual", é isso aí. Entre a linha-dura, que quer manter a coisa como está, a ala liberal autêntica, que quer mudar tudo sem mexer em nada, e o grupo conservador, que continua achando que nada deve ser feito pela primeira vez, é forçoso encontrar um meio-termo.

Tem uns que acham que o presidente podia ir logo ao povo e dizer: "Estamos liberados!" Mas não é assim, não senhor. Se fosse assim, qualquer um governava. Tem que ir devagar com o andor que o santo é indireto. Esperar as circunstâncias, a ocasião.

Bem que o presidente queria, mas vocês viram; quando a coisa *tava* amaciando, deu zebra. Os jornais começaram a descobrir mordomias — precisava? — depois vieram as empresas estourando, pipocando, depois tivemos o problema nuclear, depois foi a intervenção americana da Rosalynn Carter, depois o deputado Marcos Tito cismou de ler aquele editorial da *Voz*, aí a Wolkswagen lançou o modelo novo, chegaram os trens japoneses, essa coisa toda. E quando, naquele dia, *távamos* mesmo sentindo que era a hora, e dissemos todos, cheios de esperança: "Força que agora vai!", aí choveu.

Libertação prematura?

Acho que, no momento, não há mais dúvida alguma quanto ao fato de que Angola e Moçambique cometeram um grave erro político dando independência a sua pequena colônia européia — Portugal & Algarves. Depois do grave risco de uma guerra civil por que o dito país passou durante dois ou três anos, vê-se que, apesar da hipótese de uma luta intestina estar afastada, a pequena nação ainda se encontra cheia de dificuldades para gerir seus próprios destinos sem a ajuda dos países africanos acima aludidos.

A causa maior das dificuldades portuguesas é que existe não um mas vários movimentos de liberação, cada grupo querendo ser mais liberador do que o outro. E, como pode observar o menos sagaz dos observadores, as dificuldades de acordo entre as várias facções políticas são muito profundas — vêm de antigas tradições tribais lusitanas.

Os "vermelhos", por exemplo, uma tribo que durante muitos anos viveu — e aprendeu a apreciar isso — nos subterrâneos do país, representam uma pequena mas crescente força dentro do sistema (no último censo, a estimativa era de que representavam 17,8% da população ativa) e têm ainda a vantagem de estar solidamente ligados às grandes tribos vermelhas da Europa oriental. A tribo chamada socialista — à falta de nome mais próprio — há muitos anos vive no — e domina o — centro de Portugal enquanto a diminuta e feroz tribo dos capitalistas ficou com quase toda a terra e alugou toda a classe produtora.

Mas isso não seria nada — é possível até que se chegasse a um acordo mais dia menos dia — se não fosse a existência da estranha tribo dos turistas, enorme e variável grupo de nômades que invadem todas as melhores regiões do país em certas épocas do ano. É uma tribo misteriosa e muito influente, apesar de nem sequer falar a língua nacional — o português. Fala uma mistura de alemão, inglês, francês e um pouquinho de sueco.

Nosso correspondente em Londres, observando o fenômeno português de distância segura, relata-nos que, agora, apesar da aparente supremacia da tribo capitalista, o que está acontecendo é que as tribos estão dizimando umas as outras na corrida desenfreada para o poder. O perigo maior dessa luta é deixar o país cair de vez na mão da tribo de turistas que, embora não tenham política nem objetivo definido, todavia são habilíssimos no aliciamento das classes de trabalhadores em restaurantes, lavanderias, hotéis, teatros e até mesmo casas de fado. Caso isso aconteça, teremos mais um fato inteiramente inesperado na história já tão inesperada de nossos dias. Depois do governo do aiatolá — um governo teocrático em 1980! — o mundo verá surgir o primeiro governo decididamente turístico.

Não sejamos pessimistas. É possível mesmo que isso venha a ser um bem para Portugal, que verá largamente incrementada sua produção de vinhos, rolhas de cortiça, queijos, anedotas, festas sacras e profanas, e terá suas verbas militares desviadas para encenações de espetáculos medievais, touradas sem sangue e muita paz e amor, bixo! Alguém contra?

Balanço (pessoal) precário de 1977

O negócio de fazer balanço dos anos que passam (tem sempre um que não passa: é aquele em que nós é que passamos) depende, claro, de nossa visão pessoal; *"todo depiende del cristal con que se mira"*. Assim, se você, por acaso, viveu um ano ótimo, isto é, fez duas refeições por dia e conseguiu andar na rua sem ser assaltado pela polícia, não fique com a consciência pesada — você tem, pelo menos, a companhia de mais 0,3% de sibaritas iguais a você em todo o país.

Eu, por exemplo: sei que houve muita legislação esdrúxula, muito pacote totalitário. Mas nem pude me enfronhar profundamente nessas questões cívicas porque estava dando praia e, quando choveu, já tinha passado o momento de me sacrificar por todos. O pessoal nem ia entender.

Também teve o Oriente Médio (ainda é médio, pois não?). Duas ou três vezes quase pegou fogo antes de o Sadat propor a paz que vai terminar todas as pazes — mas justamente aí eu estava feriando em Nova York, preocupadíssimo nos teatros e nos cinemas. Não dava. Podia até, distraidamente, ter perdido o fim do mundo, se fosse o caso.

Na política nacional houve uma crise bastante séria com a saída do ministro Severo Gomes (enfim, um ministro demissionário!) e ainda mais séria com a exoneração do general Frota, mas tenho que confessar a vocês que nesse momento exato bateram à minha porta e, quando eu abri, era nada mais nada menos do que Florinda Grimaldi Rinaldi, loura e toda queimada de sol (se via que era *toda* por causa do antibiquíni). Recém-chegada de Budapeste, estava hospedada exatamente no apartamento embaixo do meu — ela explicou em budapestês — e, como lá falta água (no apartamento embaixo do meu; em Budapeste água não falta), ela queria saber se podia usar o meu banheiro. Podia, é claro, mas como Florinda não fala mesmo uma palavra em português, levou muito tempo explicar para ela o que é e como funciona uma bica, um chuveiro, o sabão, o lençol, quero dizer, a toalha...

Ah, 1977! Houve também muita corrupção, muito macaco novo metendo a mão em cumbuca, e aumentou em 0,1% o número de menores abandonados na cidade. É, uns 100.000 mendiguinhos a mais. Mas eu não pude *mesmo* tomar conhecimento! Estava almoçando naquele restaurante da praça e, como ele é todo fechado por causa do ar refrigerado, nem dá pra gente ver o...

Houve crise do feijão e do café, o governo passou o conto-do-vigário nas pobres velhinhas que acreditaram na Caderneta de Poupança, Indira Ghandi, a que mais fez pela imagem da mulher em todo o mundo (não que ela seja feminista; mas não precisou dessa filosofia pra botar todos os seus rivais masculinos na cadeia), foi deposta. Mas tudo isso eu só soube depois, quando já não era possível sofrer pelos acontecimentos: estava lendo um ensaio estruturalista tão claro, tão emocionante, tão humano...

Também aconteceram várias "queimas de arquivo", 300.000 assaltos mostrando a desagregação social próxima do caos, mas aí, bem, aí eu estava completamente absorvido no conserto do meu gravador telefônico — que aliás consertei em apenas duas horas e o incompetente do técnico levou uma semana inteira só pra refazer.

Bom, mas tem coisas que a gente não consegue mesmo ignorar. Repercutem demais. As declarações de Pelé no Senado, por exemplo. Achei as declarações dele erradas, como todo mundo. Mas a reação também foi muito errada: violenta demais! Cívico, senti que não podia ficar de fora. Mas, prudente e equânime, tomei a única atitude que considero realmente correta. Procurei Pelé e lhe disse, com calma e lealdade: "Olha aqui, Negão, pelo bem do Brasil revolucionário que ambos amamos tanto, eu venho te propor um trato. De hoje em diante você nunca mais fala em política. Eu te prometo que não jogo futebol. *Tá* bem assim?" Ele topou.

Pronunciamento histórico de altíssima autoridade ou cada país tem O DISCURSO DE GETTYSBURG que merece

Há 157 anos nossos Portugais fundaram neste continente uma nova subnação, baseada na opressão do índio e do negro, dedicada à extração de minérios e outras matérias-primas, e amparada no princípio de que os homens não são iguais — há cidadãos de primeira e de segunda classe. Agora estamos empenhados numa batalha interna para verificar se tal subnação — como outras, assim concebidas — pode existir e perdurar. Estamos aqui, reunidos num campo de conflito desta guerra. Viemos aqui dedicar uma parte desse campo, como último lugar de repouso — uma colônia de férias —, para aqueles que tiraram tantas vidas a fim de que esta subnação possa sobreviver. Mas, num sentido mais amplo, não podemos dedicar, não podemos consagrar, nem podemos santificar este pequeno terreno baldio de Caxias. Os bravos que espancaram aqui, que aqui assassinaram, já o consagraram de maneira definitiva, muito acima de nossa capacidade de dar ou tirar. Todo o mundo subdesenvolvido (e algumas nações desenvolvidas) notará e lembrará para sempre o que dizemos aqui, divulgando também para sempre nossos métodos e ideologia, glorificando e imitando o que esses bravos fizeram. Quanto a nós, os que conseguimos sobreviver, de um lado e de outro, devemos reconhecer os nossos lugares (há os que nasceram para mandar e os que nasceram para obedecer) e dedicarmo-nos à obra inacabada que os nossos seguranças tão nobremente já levaram tão longe. Decidamos aqui que eles não torturaram em vão, que esta subnação jamais tornará a cair numa Democracia — e que o governo sem o povo, antipovo, e contra o povo não desaparecerá da face desta terra.

Eu, censor?

Raramente minha longa carreira de insucessos é encantada por uma pequena vitória. Ou escrevo pruma platéia de surdos, ou sou eu o mudo. Pois às vezes tenho a sensação de estar dizendo coisas "definitivas" que pelo menos me levarão a ser apedrejado na rua. E continuo a ir tranqüilamente à praia sem a menor ameaça de delapidação.

Exemplo contundente de fracasso profissional: na revista *Veja*, um revisor trocou, há pouco mais de um ano em texto meu, a palavra *assassinato* por *assassínio*, possivelmente seguindo o venerando critério de que galicismos não são "próprios". E eu pensei na inutilidade de minha vida: há mais de cem anos, quando comecei a trabalhar na revista *O Cruzeiro*, quebrei um pau furioso, justamente porque a revisão tinha resolvido trocar por *assassínio* a palavra *assassinato*. A coisa, então, era mais ridícula, pois, no meu texto, um cidadão saía gritando pela rua. "Assassinato! Assassinato!" e, com a mudança, passou a gritar: "Assassínio! Assassínio!", o que pode ter evitado o galicismo mas emprestou ao cidadão uma insofismável áurea de bichice.

Mas, me inverto. Falo de fracassos quando queria falar de uma vitória. Há poucos meses, numa das primeiras reuniões do Conselho *Superior* de Censura, alguém teve o bom humor de me levar a sério quando declarei que um conselho de censura não pode ser superior. E propôs a mudança do nome do órgão censor. Ainda há bom senso, sem trocadilho, em Berlim.

Bom, se muda a censura, mudo também eu. E me candidato a censor de diversões. Pois, confesso agora, sempre invejei profundamente, não só a autoridade de dizer "Isto pode", "Aquilo não pode", "Isto vai com cortes", "Isto só o papai aqui tem estrutura pra ver sem desbundar", porém, mais que isso, sempre aspirei à glória de ver filmes em exibição única, cabine particular, ar-refrigerado individual, uísque e três pedrinhas de gelo. E, ainda acima disso, sempre sonhei ver peças de teatro sozinho, pré-pré-estréia, com o sabor adicional dos produtores me paparicando pra ver se eu não corto muito e a Dina Sfat toda bonita me "conversando", extremamente simpática, com o Paulo José dirigindo outra peça em São Paulo. Velho sonho.

Sonho que pretendo realizar me candidatando a censor. Minhas qualificações? Bom; cultura geral bastante rudimentar, o que, pelos antecedentes, me parece essencial. Estada rápida e superficial em alguns países desenvolvidos, tendo visto alguns espetáculos não permitidos na colônia, o que me dá, creio, o pernosticismo cultural suficiente pra função indicada. Conhecimento de línguas? Sei que *"Dog's Day"* deve-se traduzir "Dia de Cão" e não "Dia de Calor" (Canícula), que *"I'll give you a ring"* deve-se traduzir "vou te dar um anel" e não "depois eu te chamo" (ao telefone) e que *"Pain in the neck"* é "dor no pescoço" e não "um chato".

Quanto à malícia — uma das qualidades essenciais no censor para não se deixar ludibriar por produtores e diretores de cinema, sutilíssimos em suas intenções, como se deve ver em nossas pornochanchadas — ninguém me ganha. Compreendo imediatamente que *Escola de Enfermagem*, com Carlos Imperial no papel-título (faz o papel da enfermagem), não se trata propriamente de um filme introspectivo sobre a vida de Ana Néri, *A Volta ao Mundo em Oitenta Mulheres* não deve ser classificado como um *tra-*

velogue e que *As Suecas Estão por Baixo* não é um apanhado de fossas femininas analisadas por Ingmar Bergman.

E sensibilidade artística é o que não me falta. Se logo nos primeiros minutos de filme eu me encho e durmo, sei que aquilo é um Antonioni legítimo (portanto mortalmente chato e artisticamente recomendável) e não um filme escandinavo permissivo (portanto divertido e censurável). Quanto à parte político-social dos filmes, também me sinto capaz de manter a arbitrariedade tradicional na função de censor: sei que um filme americano cheio de violência, com milhões de mortos (*Apocalipse*, por exemplo), deve ser liberado pra crianças, para que, pelo menos, elas aprendam o que os americanos merecem. Já *Morte em Veneza* deve ser proibido, não pela morte e muito menos por Veneza, mas para desencorajar outros realizadores de colocarem bons escritores como Thomas Mann num meio cultural inadequado.

Resumindo: qualquer dos meus antigos empregadores pode garantir minha inconsistência política, insuficiência psicológica e extraordinária tergiversação moral. Um pedido: caso a direção da Censura me aceite como funcionário gostaria de saber logo, antecipadamente, qual é o pagamento referente ao exercício do cargo pleiteado. Mando logo o cheque.

Vocês não perdem por esperar! Os economistas vão voltar?

Tenho a impressão de que nossa desmoralização, a dos magos de economia, teve início quando, envaidecidos, abrimos demais nosso jogo, permitindo uma perigosa aproximação dos reles mortais conosco, ao aprovar o *crédito-direto-ao-consumidor*. O pessoal se pôs a fazer suas próprias contas e, percebendo que, no fim, pagava 640 cruzeiros por artigo de 100, começou a desconfiar que *economia*, em verdade, não queria dizer *poupança*. Indo ao dicionário, encontrou esclarecimento ainda melhor: "Economia é o estudo do comportamento do homem com relação ao uso dos meios insuficientes de que dispõe para tirar deles o proveito máximo, seja individual, seja socialmente". Ah!

Apanhados em flagrante, e *quase* desmoralizados — quase, pois não concedo que os economistas percam a parada, no fim —, que devemos fazer para restaurar nosso antigo prestígio?

No meu fraco entender, acho, como ficou indicado antes, que o erro do economista foi mais psicossocial do que propriamente econômico. Achávamos-nos tão encantados com o resultado de uma terminologia que tínhamos inventado que até andávamos pelas ruas. Isso; como artistas de cinema! A notoriedade, de qualquer forma, era a mesma. Na gloriosa década de 60, quando paravam Jece Valadão na rua pra lhe perguntar se era mesmo um cafajeste, quantas vezes não nos paravam também pra nos perguntar o mistério da *dívida flutuante* (lembram-se dessa? Foi um estouro!), como é que estava se comportando a *transação dos invisíveis* e se tínhamos sido nós mesmos que tínhamos criado o *warrant endossável.*

Foi essa segurança excessiva que nos perdeu. Enquanto não nos aproximamos demais do homem da rua, este, muitas vezes, através de humoristas e comentaristas igualmente irônicos, costumava nos gozar e ridicularizar, tentando nos destruir pela chalaça. Mas era riso fraco, uma ironia intimidada, aquela mesma que tanto fez para a glória e grandeza de Mondrian, Brancusi, Erik Satie e outros geniais incompreensíveis.

Nossa época de ouro foi, indubitavelmente, quando tivemos a nos guiar, do alto do monte MalthusMarx, figuras nacionais e estrangeiras, que sabiam o caminho mas não o divulgavam excessivamente, que conheciam a chave de ouro de nossa ciência mas só a emprestavam mediante um código acessível apenas — claro! — a uns poucos da seita.

Teria, porém, que aparecer o economista-político, mais ingênuo que o economista-puro e muito mais ingênuo que o político-economista. Com ele se deu o erro fatal: a explicação. Nós, que nunca nos permitíamos falar de *inflação, balança de pagamento, PNB* e *economia de escala*, sem misturar a essas palavras grandes teoremas matemáticos,

$$\text{H2EP} \times \text{BPR} + \% = \frac{3\ (\text{ESSO} - 1974)}{\text{FOB} - \text{FAS}},$$

de repente vimos essas coisas analisadas e dissecadas, reduzidas a dimensões ridículas e comesinhas. Logo todo mundo almoçava inflação, jantava Produto Nacional Bruto e economia de escala, e começava a olhar com olhares superiores para nós — já então considerados os inventores de uma magia ultrapassada. Em vão tentamos *deflação, drawback* e *entressafras:* o mistério tinha desvanecido. Tentamos substituir *FOB* (*free on board,* se lembram?) por *dinheiro caro* e *dinheiro barato*, confundir *balança de pagamento* com *balanço financeiro*, mas também não deu. Tivemos um certo alento quando lançamos, com grande estardalhaço, sem dar fonte ou origem, aquele maravilhoso *conversibilidade*, mas a mística dessa palavra também não durou seis meses.

Depois de grandes confabulações internacionais secretas decidimos que, pelo menos aqui, no Terceiro Mundo, poderíamos manter o *aplomb*, o *charm*, a reverberação misteriosa de nossa fé, apelando para os *índices-básicos-do-aumento-do-custo-de-vida*. Imediatamente, porém, uma autoridade qualquer se apropriou do último trunfo à nossa disposição, tornou-o oficial, declarando, alto e bom som, peremptoriamente, que o *índice-básico-do-aumento-do-custo-de-vida* era um dado econômico-financeiro de absoluto interesse popular que devia ser divulgado com amplos esclarecimentos, para todo o povo. Foi um golpe.

Que nos reserva o futuro? Apenas a verdade?

Integridade jornalística total

A bebida, digam o que disserem os dieteticistas e emagredecores profissionais, é que é o problema para os que sonhariam ter uma figura fina, leve, amável — e não têm. Um só uísque, 70 ou 80 calorias. Mais de 100 por uma boa caipirinha. Sem falar nos queijinhos, *petit-fours*, salaminhos e presuntinhos que acompanham tentadoramente as doses servidas e que se come fingindo que nem se está percebendo. O bar é a servidão do gordo, não o restaurante. O copo é o nosso busílis ético, não o prato.

Por isso, quando se fala tanto em corrupção nas altas esferas, e as empresas jornalísticas — geralmente acusadoras — procuram se colocar acima de qualquer suspeita, exigindo até o direito (?) de pagar suas próprias despesas nas viagens oficiais, seria prudente, antes de tudo, botar no rol dos grandes atos corruptores esse drinque que os poderosos nos empurram, assim que chegamos a uma reunião, conferência, palestra, posse ou convenção oficiais. A não ser os definitivamente *teetotalers*, abstêmios convictos, ainda está para aparecer o jornalista cuja fortaleza moral, retidão cívica, o faça empurrar o copo de volta em direção ao anfitrião, dizendo, cheio de dignidade: "Obrigado, só bebo o do meu jornal."

Definições justas

(Ou melhor, bem apertadinhas)

Já que todo mundo está dando palpites sobre Justiça, peço licença ao dr. Raymundo Faoro e ao dr. Técio Lins e Silva pra expor também meus modestos conceitos:

Justiça — A Justiça, como se sabe, é a busca da Verdade. Ao contrário da Lei, que, como também se sabe, é o encobrimento da Mentira.

Legal — Fórmula de comportamento social — individual ou coletivo — que adquiriu a aterrorizante estratificação da Lei. Não confundir com "legal", forma de comportamento social descontraída e ainda não inserida no contexto.

Apelo a instância superior — Loteria na qual o Advogado do suposto criminoso faz um lance parecido com o *lascia o raddoppia*: ou tudo ou nada. O lance também pode ser feito pelo banqueiro; leia-se Promotor.

Advogado — Profissional cuja reputação aumenta na medida em que consegue livrar das malhas da Lei o pior ladrão ou corrupto (pior, no caso, significando o que roubou maior volume de bens e valores), ou o mais sórdido criminoso. Supremo na vida de um profissional é conseguir sair na primeira página de *O Dia* declarando: "Ele matou a mãe com justa causa".

Pena de morte — Tem uma coisa altamente positiva: o criminoso não volta a praticar o crime que praticou (se é que praticou) nem o Estado, em caso de erro, poderá repeti-lo.

Ultima ratio regum — No mundo ocidental (pelo menos) não se faz Justiça sem latim. Uma impossibilidade. A frase citada quer dizer "o último argumento dos reis", isto é, o canhão ou a forca. Que são, também, os derradeiros argumentos da Justiça.

Por falar nisso: ganha uma lata de pessegada quem disser o nome do jurista que, em 1964, repetiu primeiro (pela milésima vez na história!): "Uma revolução justifica-se a si mesma".

Quem não souber nenhuma frase em latim e quiser citar alguma vá decorando. Pra dizer "Fica quieto aí, ô cara!", coisa que não faria nenhuma impressão no juiz nem na platéia do tribunal, deve-se, em vez disso, gritar bem alto: *"Immota manet!"*

Para adquirir licença poética (*i.e.*, jurídica), deve-se pronunciar antes (ou depois) de dizer alguma coisa bem forte: *"Horribile dictu!"*

Quando se quiser dizer "É bom navegar" e não se quiser citar Fernando Pessoa ("Navegar é preciso") diz-se simplesmente: *"Navigare necesse"*, etc. Qualquer tolice pode salvar (ou condenar) uma vida, quando pronunciada em latim.

Danos e perdas — O que a Justiça e os advogados causam a um inocente depois que este tem algum tempo de envolvimento com tribunais querendo reaver seus legítimos direitos.

Precedente (e analogia) — Citação de um acerto ou erro judicial anterior, registrado em linguagem pomposa e/ou técnica, de algum grande Jurista ou Magistrado do passado, a fim de apoiar, indiferentemente, erro ou acerto do presente.

Custas e honorários — Maneira pela qual profissionais da Justiça participam financeiramente do Produto da Injustiça.

Magister dixit — O mestre falou. Outra frase em latim. Cuidado — de tão usada virou ironia.

Jurados — Assistentes de telenovela com direito a condenar ou a absolver personagens da história inventada, conjuntamente, por advogados de defesa, advogados de acusação e promotores. Em geral a novela apresentada é vagamente baseada num fato verídico.

Pornô — Seção especial na qual são exibidas, sem presença do público e da imprensa, peças íntimas e objetos e produtos de uso altamente específico. Da vítima ou do indigitado criminoso.

Defensor público — Se o suposto criminoso é tão pobre que não pode escolher (pagar) seu próprio defensor, o Estado lhe oferece um, *gratúitis*. Uma espécie de INPS da Justiça. Quem já foi tratar de um furúnculo na primeira instituição pode imaginar a outra.

Perjúrio — Mentira apanhada de bunda de fora e, pois, enquadrada em artigos e parágrafos da Lei. Corresponde à blasfêmia religiosa, hoje totalmente fora de moda. No mundo cristão, esclareço.

Solicitador — Uma espécie de *ghostwriter* da advocacia.

Sub judice — Mais latim. Empregado pra manter uma questão — ou coisa — sob a guarda da Justiça até que a

Opinião Pública tenha esquecido tudo e a causa não valha mais nada para os justiçados.

O desconhecimento da Lei não invalida o crime — Esta frase, ou semelhante, não pressupõe, como o leitor leigo poderia pensar, apenas que está naturalmente obrigado a saber da existência de leis proibindo matar a própria mãe — sem falar da alheia — ou esquartejar e comer o filhim recém-nascido. A Lei nos obriga também a não ignorar que, em Dores do Indaiá, existe pena de morte pra quem cuspir no meio-fio da Padaria Doralice. Isso porque um Juiz Nomeado, em 1788, era dono dessa padaria, fez a Lei e ela ficou lá, até hoje, esperando alguém cuspir no dito meio-fio.

Porém — Conjunção adversativa a que se deve prestar muita atenção pra saber antecipadamente a opinião dos juízes (julgadores de qualquer espécie) sobre o processo em curso. Quando assisti a um grande julgamento, em 1964, no Supremo Tribunal Federal em Brasília (o Estado contra Hélio Fernandes), ficava prestando atenção à fala dos juízes. Um começava com os maiores elogios à Liberdade de Imprensa, à Glória do Direito, ao Exercício Pleno da Cidadania. De repente, dizia a fatídica conjunção: "Porém..." E eu sabia: "Vai votar contra". Outro juiz esculhambava o jornalista de alto a baixo, acusando-o do pior, do comportamento mais irresponsável e condenável. Logo respirava fundo, olhava na Eternidade da Justiça (mais ou menos a 3,30 metros de altura, num canto do teto do Supremo a 22 graus à direita do Juiz-Presidente) e dizia: "Porém...", e eu também respirava — um pouco menos fundo — e dizia de mim pra comigo: "Vai votar a favor."

Justiça é feita — Expressão internacional — e imemorial — com que se termina um julgado, mesmo quando é mais que evidente não se ter feito justiça porra nenhuma.

A estrela sobe

Uma das curiosidades de nosso tempo, nova no Brasil, não muito nova em países de *show-business* mais intenso, é a súbita ascensão dos líderes sindicais ao *status* das estrelas de cinema, esporte e TV. Raramente isso dura muito, mas enquanto dura, o efeito é tão salutar para o ego proletário quanto o é para outros egos mais bem situados na escada zoológico-social. O metalúrgico Lula, neste momento, a alma honestamente satisfeita, é figura mais popular e mais charmosa do que Suzana Vieira, Jô Soares, Elizabeth Savala ou até mesmo Pelé. Lembro, porém, que a glória do charme proletário — em sociedades burguesas — dura quase sempre menos que as outras. Por isso aconselho Lula — se lhe posso aconselhar alguma coisa — a tirar um mínimo de partido de sua encantadora posição atual a fim de guardar algum para os dias ruins. Acho que Lula deveria imediatamente escrever sua biografia (de preferência romanceada) e lançá-la em 1000 noites de autógrafos pelo Brasil.

Editado por Alfredo Machado (Record) e assessorado por Jorge Amado (o nome da biografia de Lula bem poderia ser "Lula, Malho e Bigorna"), estou certo de que seu livro seria um *best-seller*. Aí, tendo acrescentado popularidade intelectual à sua popularidade trabalhista, Lula estaria pronto para fazer anúncios de sabonete ("Depois de oito horas no torno mecânico, Lever torna minhas mãos tão suaves e macias quanto as do Rischbieter"), apresentar moçoilas em flor nas formaturas interioranas (cachê mínimo: 50.000), participar de júris de calouros, ser relações-públicas de multinacionais (recusando sempre, claro, colaborar com as que fabriquem cigarros, álcool ou outros produtos nocivos à juventude) e até mesmo posar nu para umas dessas revistas "feministas". É aproveitar enquanto está dando, Lula. Não é assim que todos fazem?

Extra-Tour S.A.
turismo extraordinário

Cada dia que passa, as agências turísticas inventam mais viagens estranhas; aos castelos de Drácula, na Transilvânia, com direito a uma sugada no pescoço, tour *completo pelos guetos de Varsóvia, sete dias seguindo os expurgos de Stálin com direito a permanência numa prisão das ilhas Sakalina, etc... Aqui apresentamos nossas sugestões para alguns* tours *brasileiros razoavelmente econômicos:*

Visita aos porões do SNI — Acesso aos arquivos gerais onde você poderá manusear e adquirir (15 cruzeiros) uma xerox da ficha do seu pior inimigo político, independentemente da facção a que você pertence. Retratos nus (e crus) de todos os políticos mineiros com suas respectivas contas bancárias. *Show* completo reproduzindo a próxima revolução a ser realizada (num dia desses.)

Fundo da baía-tour — Visita de um dia — em aerobarco — a todas as sujeiras da baía de Guanabara, com direito a encalhe na praia de Maria Angu e espetáculo *som-e-lumiér* de lutas de urubus contra apanhadores de xepas na ilha da Sapucaia.

Viagens pelos esgotos de Paris — Esta viagem só é possível agora que as obras do metrô arrebentaram todos os esgotos da praça Paris. Conheça o único verdadeiro *under-*

ground carioca, com suas nuvens de baratas e toneladas de ratos (quatro pra cada *branco*), e tenha uma pequena antecipação do que será uma viagem de metrô da Lapa a Ipanema (em 1998).

Tietê by night — Agradável viagem pelo famoso rio paulista com banhos de sabão sem sair do barco e a possibilidade ocasional de assistir a um acontecimento realmente extraordinário — um rio em chamas.

Visita à Academia — Um dia totalmente cultural. Chá inglês autêntico, com bolinhos como a vovó fazia (agora, que é permitida a entrada de mulheres na Academia, a vovó estará lá, em pessoa, fazendo os bolinhos). Ouça discursos mais engraçados que os dos irmãos Marx. Não perca: quarenta velhinhos fantasiados de polichinelo! Única oportunidade de você se sentir de novo um brotinho, mesmo que já tenha ultrapassado os 70.

Máfia-de-branco-tour — Percurso secreto numa grande clínica onde você, disfarçado de *acadêmico* (paramédico?), assistirá a um diabético sendo operado do coração, uma técnica nova de laparatomia aplicada num velho com catarata e, como extra, verá o filme de um caso único nos anais da Medicina — um jovem de 20 anos morrendo de amigdalite. No intervalo, extraordinária luta de *catch* entre um psicanalista e um psiquiatra para decidir um diagnóstico sobre infecção dos gânglios mesentéricos. Alucinógenos *à la carte.*

Inside TV — Neste *tour* você, durante uma semana inteira, percorrerá os estúdios de uma das nossas mais tevistas TVs e terá acesso ao setor artístico e cultural mais importante da organização — o departamento de *merchandising.*

Veja e compreenda por que as personagens das novelas só atravessam ruas que tenham imensos *outdoors*, só sentam em bancos de praça que tenham anúncios escritos, só entram em lojas cujos nomes estejam bem visíveis. Assista à disputa, nos bastidores, pra ver quem aparece mais em comerciais. Não perca a redação de uma notícia e a extraordinária técnica de reescrevê-la até ficar igualzinha ao comercial que a pre-sucede.

Para um apoio mais visível à argumentação dos editoriais

Quero formar uma associação, um sindicato, um clube, um time, um sei-la-o-quê de leitores de editoriais. Sendo um deles, assíduo, diário, pertinaz, sinto, há muito tempo, que falta aos nossos editorialistas um apoio logístico-moral mais aparente. Creio que é só por isso que apelam para figuras vagas, retóricas, distantes, tais como "todo leitor bem informado", "qualquer contribuinte do Imposto de Renda", "todo cidadão acima de 40 anos" e "qualquer dona de casa e mãe da família que vai à feira e paga escola" para corroboração — improvável? — dos seus pontos de vista.

Como, de uma forma ou de outra, estou sempre na faixa dos anônimos citados e concitados pelos editorialistas e como, individualmente, não tenho meios nem tempo de telefonar ou escrever diariamente a esses meus dignos colegas pra lhes dar o meu apoio ("Olha aí, é aquilo mesmo! Aqui está falando um dos 'todos os autônomos descontados para o INPS!'", ou "Alô, pode continuar, rapaz! Aqui fala um dos 'inúmeros trabalhadores categorizados que sofrem diariamente o martírio do transporte urbano'", ou ainda: "Caro senhor redator, dá duro neles e conta aqui com o aplauso irrestrito de uma dos 'milhões de vítimas da burocracia estatal!'"), é que resolvi formar uma organização de leitores de editoriais, a fim de que possamos, juntos, dar nosso aval coletivo a referências grupais.

Acho que é a única maneira de se conseguir, democraticamente, que os editoriais possam readquirir uma antiga coragem, voltando a usar a mesma fórmula em sentido inverso e de modo mais contundente, como "qualquer idiota que assume um posto de mando", ou como "não ignora nenhum patife desses que circulam entre a crônica social e o golpe financeiro", ou ainda "à maneira irresponsável de qualquer mafioso da burocracia estatal". Senão continuaremos com uma imprensa vacilando entre o temor do poder público e a prepotência do empresário que tem um espaço editorial à sua disposição, como sabe "qualquer editorialista razoavelmente honesto".

Turismo hoje
Visite o Iang-Tsé-Kiang

Humoristas não são mentirosos, são apenas sujeitos que dizem coisas que ainda não aconteceram. Pois é: me informam que — conseqüência da visita de Nixon à China — já se formam, naquele país irmão (agora vai passar a irmão, não duvidem), grandes agências visando a explorar — palavra ocidental — o turismo. Chegou-me às mãos um folheto de propaganda — leio razoavelmente ideogramas chineses — e, como era de prever, quem espera que o turismo chinês seja uma cópia servil do degradado turismo de Bali ou de Ibisa vai morrer decepcionado. Os *tours*, organizados por um *expert* no assunto (pelo menos se julga um *expert*, por ter participado da Grande Marcha), não vão levar nenhum americano nem nenhum brasileiro a espetáculos pornô nos quais operárias têxteis fariam um *strip-tease* humilhado a fim de ganhar mais um prato de arroz. Nunquinha, meus negos. Condizente com o espírito do país, os turistas terão uma experiência muito mais nobre e mais gratificante, visitando fábricas, fazendas experimentais, construção de represas hidrelétricas, escolas, universidades, abertura de túneis[1] e projetos para construção de ha-

[1]O processo chinês de construir túneis é realmente revolucionário. Como o país tem muita mão-de-obra e pouca engenharia, não se faz nenhum plano para a construção. Coloca-se apenas uma massa de operários — aproximadamente 10.000.000 — de um lado da montanha e outra massa igual do outro lado e começa-se a escavação. Se os trabalhadores se encontram, faz-se um túnel. Se não se encontram, faz-se dois.

bitações populares, sobretudo aquelas soluções típicas de pequenos conjuntos para 1 milhão de pessoas. O folheto é fascinante e minucioso, deixando o possível turista perfeitamente bem informado. Curiosidade: não há restrições alfandegárias, já que o máximo a trazer de lá — há anos que os objetos de arte estão solidamente guardados — como excesso de bagagem é uma boa pá e uma excelente picareta. Eu não sei se o leitor comum já está se sentindo atraído pelo fascínio da Riviera Amarela, pela possibilidade emocionante de algumas noites maravilhosas nos arrozais experimentais de King-Sing-Kong, mas posso adiantar que os hoteleiros da organização Hilton e os especialistas de Portofino, Port Grimauld e St.-Tropez, com aquela suficiência que levou Baltasar a dar um banquete na noite antes da queda, não estão nada assustados.

Quer dizer, não estão porque sabem que as dificuldades turísticas são iguais em toda parte e nenhum Estado socialista vai conseguir resolvê-las. Sempre falta, em qualquer *tour*, muito do que se promete aos viajantes. Agora, uma coisa é você ficar sem a suíte de três quartos e uma sala e dois banheiros na Costeira Amalfitana e ter que dormir espremido num aposento com *só* uma cama de casal e outra é, de repente, você não encontrar sua barcaça-dormitório na planície de Kenshagan e ter que ficar agitando freneticamente um livro vermelho para o guarda da fronteira até que ele compreenda que você se perdeu no seu Nanquim *by-night* (encerrado oficialmente às 8 e 45, porque os cantores têm que acordar amanhã às 6) e quer apenas que ele lhe arranje acomodação na central elétrica mais próxima. Comida não precisa: você já aprendeu a guisar seus próprios ratos com ovos negros e regar com suco de asa de borboleta seus ninhos de andorinha. Pode ser triste, amigo, mas uma coisa parece verdade: fora da decadência ocidental, não há turismo que agüente.

O esporte bretão

Leio que os ingleses, sempre avançados na localização de tendências sociais, vão mesmo legalizar o futebol. Os defensores da legalização afirmam, o que parece inacreditável à primeira vista, que o futebol é uma prática que não cria hábito nem dependência, causando apenas, de vez em quando, um olho preto e algumas pernas quebradas. Os detratores do assim chamado esporte das multidões dizem porém que o futebol leva facilmente à promiscuidade, é motivador de violência, engarrafamentos sinistros nas cidades e que a maioria dos torcedores é induzida a crimes maiores, até mesmo subornos, *doppings* e assassinatos. Chegam ao exagero — que não endosso — de que muitas guerras tiveram seu início (motivação, não causa — a causa das guerras é sempre rapina de uma forma ou de outra) nos verdes campos do *soccer*.

Uma coisa é certa: enquanto autoridades de todo calibre, desde policiais até legisladores, discutem o sexo dos anjos — hoje todos os jogadores são idolatrados —, o uso do futebol, sobretudo em países como o Brasil, aumenta assustadoramente. E o que acontece, nos campeonatos nacionais e estrangeiros, é a gente ver jogadores e paredros se queixando de péssimas viagens das quais saem com membros violentados, cabeças quebradas, orelhas decepadas. Sob a influência dessa droga — aliás já instintivamente denominada como o ópio do povo —, as multidões são levadas a depredações, embriaguez, ofensas graves à família dos técnicos e gritos desabonadores com referência à masculinidade dos juízes.

Acredito eu, como alguns opositores do vício, que ele deve ser *mais punido* — mesmo que as punições sejam apenas laterais e de meio-de-campo — e não *mais* liberalizado. Mas, naturalmente, o importante é combater o mal na fonte e não nos gigantescos centros de prática onde ele já atingiu um ponto irrecuperável.

O que se deve é combater a implantação do vício nos pequenos campos do interior, onde *experts* traficam com a inocência infantil que começa cedo a ser envolvida pela prática inerradicável. O governo deve, sobretudo, examinar bem, através de seus agentes de segurança, uma organização chamada CBD, que, segundo me afirmam, é mesmo a fonte básica do fornecimento da maior parte do futebol deste país.

O fracasso das velhas gerações

Envolvido pelo clima *musical* de sua grei — mais conhecida como patota —, o rapazinho comprou uma magnífica guitarra elétrica de 45 cavalos, transformadores, amplificadores, compressores e destiladores e passava os dias inteiros *tocando* seu instrumento, num tom estridente e monótono (no bom sentido, um tom só) capaz de enlouquecer um frade de pedra[1].

O pai, um homem de sensibilidade ultrapassada, condicionado a ouvir Bach e Debussy, procurou, durante dias, dar uma de avançado, não chateando o filho e lhe criando inibições ao desenvolvimento social, relacionamento familiar, codificação com os da sua geração, etcetera e tal e coisa. Mas, no fim, não agüentou mesmo. Chegou perto do garotão e gritou (não que estivesse com raiva, mas o garoto não parava): "Escuta aqui, meu filho, se você está tão interessado em música, por que não estuda um pouco de técnica, teoria, harmonia, isso tudo?" "Que é que há, bicho?", gritou o garotão sem parar de tocar. "Esse negócio é retórica, gargarejo, cascata. Eu *tou* no *sensitive training* e não vou contaminar minha naturalidade com conceituações fora de moda." "Que é isso, meu filho?", explicou o *velho*. "Não tem nada disso, não. Técnica é técnica. Senão

---

[1]Eu tenho a impressão de que me equivoquei na expressão. Frade de pedra não enlouquece — cora.

você vai ficar a vida inteira assim como está aí. Desde que você comprou essa guitarra aprendeu uma posição só, fixou os dedos nessa posição e não sai dela. Um músico precisa, antes de tudo, agilidade digital para fazer todas as variações que..."

"Que é que há, meu pai, que é que há?", interrompeu o garotão. "Não vem com essas do teu tempo, não, velho. Acontece que a tua geração *tava* completamente perdida em tudo, em tudo. Até em música. Esse negócio de variações e posições é porque não sabiam onde tocar. Nós já encontramos o lugar."

MORAL: AS NOVAS GERAÇÕES BOTARAM O DEDO NA FERIDA.

Fechando o círculo

O produtor americano anunciou a fundação da *Laser Film*, destinada a fazer o primeiro holográfico. Para os mais atrasadinhos torno a explicar que a holografia é um processo fotográfico inventado teoricamente há 25 ou trinta anos, mas só tornado possível depois do advento do raio laser.

A fotografia holográfica é *realmente* em três dimensões, e não uma *ilusão* de três dimensões como em outros processos. Se você não interferir no foco de luz, pode andar e observar a foto (parada ou em movimento) do ângulo que lhe interessar. Você estará diante de uma pessoa sólida e viva. O produtor Strick afirma que seu filme será "a maior revolução do cinema desde o invento da câmara".

Revolução, é. Muita coisa tem sido "a coisa mais revolucionária desde o invento da câmara". Vocês ainda se lembram dos 3-D, com óculos especiais? Das experiências com cheiro (felizmente ainda não havia o interceptor oceânico)? Do *Fabuloso Cinerama* que, esse, eu me lembro de assistir pela primeira vez em Nova York, boquiaberto, olhiaberto, ouvidiaberto? E os filmes em 360 graus, que a gente via em pé (em Londres tinha um cinema especial) no meio de uma sala, no meio dos acontecimentos? E o *Todd-AO-e-não-sei-mais-o-quê*, lançado por um dos inumeráveis maridos de Elizabeth Taylor? Todas essas revoluções duraram o suficiente para solidificar o cineminha quadrado mas com bom conteúdo, a telinha maior ou menor, a sedimentação da cor, mas, em suma, tudo apenas na modéstia de duas dimensões, que de três já nos basta a vida. Strick, o produtor, dificilmente vai escapar de entrar pelo cano, sobretudo porque, segundo diz, sua primeira experiência holográfica só pode ter cenários interiores, não muitos, conseqüentemente com elenco pequeno, e que o filme só poderá ser exibido para trinta ou quarenta pessoas de cada vez. Alguém tem que avisar a esse produtor revolucionário que ele está é chovendo no molhado e que sua *revolução* já existe há vários séculos: se chama Teatro.

Oh, que delícia de revuloção!

Depois de ler avidamente os depoimentos de tantos líderes que dominaram e dirigiram nossos acontecimentos político-sociais nos últimos quinze anos; depois de ler atentamente as memórias do general Olímpio Mourão Filho (editora L&PM), nas quais o memorialista, apontando a incompetência de todos, deixa razoáveis dúvidas quanto à sua; depois de ler o resumo jornalístico de um livro, editado em Oslo, sobre a invasão da Noruega pelos nazistas, no qual (resumo) os alemães são mostrados perdidos na cidade que tinham "conquistado", pegando conduções erradas que nunca os levavam aonde queriam, sendo confundidos várias vezes com elementos da Marinha francesa e outras vezes presos por embriaguez pela polícia local — e me lembrando da famosa confissão de Rommel, a "Raposa do Deserto", que revelou nunca saber, no meio de uma batalha, se estava atirando contra as tropas inglesas ou contra as suas próprias —, concluo mais uma vez que a História é uma istória[1] e a

[1]Relutei muito tempo em aceitar a palavra *estória* como *conto*, diferenciada de *História*, narrativa de fatos importantes da vida da humanidade. Essa palavra foi criada pelo *Diário Carioca*, no tempo em que este era dirigido pelo jornalista Pompeu de Souza, agora em Brasília. Acho, aliás não tenho certeza, que foi o próprio Pompeu de Souza quem inventou a palavra. Todavia não vejo por que, se a palavra é totalmente inventada, não se escreve *istória*, como se pronuncia. Se, porém, a palavra pretende, *ainda*, alguma etimologia, esta vem, naturalmente, de História, e, portanto, também nesse caso, dá *istória*.

eficiência político-militar, uma farsa só não risível porque sinistra (e excessivamente cara). Simplificando, foi isso que entendi de tudo o que li sobre os acontecimentos nacionais nos últimos anos:

1 O general Mourão ter-se-ia encontrado, em Salvador, com o líder comunista Prestes, pensando que estava em Paris conspirando com Lincoln Gordon. Prestes, por sua vez, com sua reconhecida clarividência política, pensava estar em Moscou nas vésperas da derrubada do czar.

2 Ensaiando para a filmagem de uma ópera dirigida por Zefirelli (àquela altura filmando com o codinome de Glauber Rocha), na qual se incluíam passistas felizes de escola de samba, alguns *revolucionários* selecionados entre escurinhos foram confundidos com homossexuais por componentes do CCC, que logo aderiram. Os *revolucionários*, imediatamente, passaram a falar linguagem cifrada — dialeto tanzânico-jurássico —, apresentando-se como mercenários de Idi Amin de passagem por Belo Horizonte. A coisa toda terminou num banquete de confraternização presidido pelo torturador Dan Mitrione e tudo, afinal, retardou a *revolução* apenas seis meses.

3 Banqueiros, reunidos na mansão de um deles, no centro do lago de Brasília (conhecida ironicamente como zona proletária para diferenciá-la da cidade satélite, habitada pela burguesia que construiu a cidade), resolveram fabricar, eles próprios, alguns bilhões de cruzeiros falsos para serem distribuídos a elementos subversivos numa agência do Banco do Brasil, no Leblon, por um elemento conhecido pela repressão como "Bom Burguês" e pela subversão como "Lamentável Proletário". Os receptores do dinheiro seriam posteriormente denunciados e, presos como falsários co-

muns, desmoralizados na essência mesma de sua dignidade assistemática (contra o sistema). As falsificações, porém, ficaram melhores que as notas oficiais (como acontece, aliás, com quase tudo: o jogo do bicho é mais bem organizado que a polícia, a macumba é melhor terapêutica que a psicanálise oficial, os falsificadores do INPS conseguem aposentar mais gente que o próprio INPS, etc.) e os banqueiros preferiram emprestar esse dinheiro a juros módicos de 36% ao mês, o que, ajudando a aumentar violentamente a inflação, precipitou a queda de Jango. Tudo, posteriormente, pode ser apresentado por escribas de esquerda ligados ao sistema como um golpe de gênio da direita.

4 Comandante de setor do Acre, formando suas tropas para receber o príncipe Bernardo (10% de comissão) da Holanda — que ia descer lá devido a uma pane em seu, dele, avião —, vendo frustrada sua recepção porque o avião do príncipe consorte foi consertado lá em cima mesmo por um mecânico português, decidiu, dito comandante, aproveitar o ânimo das tropas pra tomar uma plantação de cáucho da Bolívia, a qual plantação, infelizmente, já tinha sido tomada no dia anterior por tropas peruanas da CIA. Revoltado com o fracasso geral da tentativa e a inépcia do comando, o cabo Anselmo resolveu inventar a V-2, copiando-a de um velho número de *Seleções*-em-espanhol que encontrou numa choupana andina. Mas, apesar de experimentada com êxito, tendo provocado duas avalanchas na região (o cabo foi condecorado, não pela bomba, mas pelo acidente que matou, ocasionalmente, alguns terroristas acoitados ali), a bomba não pôde ser usada oficialmente pois os *royalties* já tinham sido vendidos ao governo americano pelo grande cientista nazista, o liberal Von Braun.

5 Centenas de marinheiros — possivelmente falsos, pois mais tarde verificou-se que todas as lapelas dos unifor-

mes tinham etiquetas da Casa Rollas — reunidos num comício na ilha de Bananal, foram completamente frustrados em sua ação devido à distribuição, entre eles, de centenas de telegramas de congratulação pelo aniversário de cada um. Apesar de os telegramas estarem escritos no português exemplar do general Vernon Walters (que, como se sabe, aprendeu gíria brasileira na Itália, donde até hoje confundir *"ciao bello"* com "cabra da peste"), os marinheiros sediciosos conseguiram soletrar as palavras mais comuns em nossa língua, como, por exemplo, *"happy birthday to you"*. Imediatamente, todos começaram a travoltar sua própria efeméride em ritmo de Brasil-grande. Isso confundiu as famílias com Deus pela propriedade locais que, pensando tudo aquilo se tratar de mais uma filmagem de novela da TV Globo, convocaram o delegado regional (de grande prestígio na região devido à sua luta constante pela defesa dos direitos humanos) e baixaram o pau em todo mundo.

6 O diário secreto do sargento de Cavalaria Mário, agindo em Pirapora travestido de freira pra melhor poder atrair e seduzir elementos subversivos, mostra, pela primeira vez, um fato histórico surpreendente, que ele descobriu enquanto procurava outra coisa (no Brasil é tudo assim, desde a descoberta): no dia 13 de maio de 1888, milhares de crioulos, não gostando nada daquela abolição relativa da princesa Isabel, preferiram se mandar pros Estados Unidos depois de um brevíssimo curso de audiovisual no Brasas (donde, em Nova York, serem conhecidos como brasileiros), onde fundaram o Coffee Power, com o slogan: "Mulatto is beautiful". Na verdade, com a vocação pela ironia tão peculiar ao *Homo cordialis* brasileiro, o grupo queria se chamar mesmo Coffee Powder (Pó de café) mas a precariedade do curso levou-o a fundar o Poder-Café, de onde se derivaram todos os futuros *powers* americanos.

Mas, voltando ao sargento Mário: existem, nos arquivos gerais de Araguari, inúmeras fotos 3 x 4 do grupo de freiras chefiadas por ele (algumas com longas barbas por terem sido obrigadas a passar semanas escondidas na selva), provando a contribuição decisiva desse grupo à solapagem do governo Brizola e sua conseqüente derrubada, e mostrando, mesmo, numa foto inédita, que Brizola, pra escapar do país, teve que viver seis meses disfarçado de hidrante (vermelho, naturalmente) numa esquina da rua da Praia, PA.

7 Documentos *top secret*, recentemente *released* por Washington e publicados em Aracaju por três *brazilianists* soteropolitanos, relatam que todos os treinos de tiro dos sediciosos legalistas (?) foram feitos no campo do Corinthians, de São Paulo, Clube de Regatas Flamengo, do Rio, e Internacional, de Porto Alegre. Todos os treinos eram feitos, porém, com armas da Estrela, a fim de não machucar ninguém. Mas, como os sediciosos-*revolucionários* atacaram os redutos legalistas com tanques de matéria plástica da fábrica Só-Brinca, infelizmente não foi possível evitar o derramamento de algum suco de tomate.

8 Por pouco, no dia 18 de junho de 1963, todo o movimento para depor quem devia ser deposto (forma de escrever circunloquial que tirei do discurso de um — hoje — extraordinário líder democrata contra qualquer forma de censura) não ia por água abaixo, quando dois batalhões disfarçados de fruta-pão acamparam no viaduto do Chá, parte de baixo. (Estado extraordinariamente modesto, esse São Paulo; faz toda sua fortuna com café e ergue em sua capital um viaduto do chá!) Pois bem, quando a tropa estava lá, no bem-bom, jogando porrinha, o radar acusou uma flotilha de aviões inimigos (o radar em função, educado

pelo Mobral, não era muito versado em substantivos coletivos; grupo de aviões é esquadrilha), abatida imediatamente pelas tropas rebeldes. Ao cair no chão, a esquadrilha revelou-se apenas um bando enorme de pombos e pombinhas trazendo mensagens de "Paz e amor, bixo!" e ramos de oliveira Salazar.

9 Uma ordem do dia (dada de noite, pra despistar) é a demonstração final de que inúmeros agentes do SNI estavam infiltrados em todos os coquetéis da esquerda com o fito exclusivo de deixar cair nas conversações uma ou outra frase que obrigasse os líderes políticos a pensar. Isso destruiu toda a capacidade de ação do governo estabelecido, minou-lhe a moral e levou-o à queda.

10 Mas o fato culminante de toda a história brasileira dos últimos tempos foi assim (segundo entendi): depois de várias ordens gerais, nos dias 30 de março, 18 de junho e 23 de novembro de 1963, para que as tropas "descessem", e não conseguindo sequer que a rapaziada acordasse antes das 10, o governador Magalhães Pinto, notável banqueiro mineiro, resolveu pelo menos aproveitar o "empuxe" revolucionário e, utilizando a pequena parte desperta da tropa, marchou velozmente pelas ruas de Belô e tomou três agências do Bradesco.

Falsificação, ainda.

(O homem de Piltdown, ainda.)

Em velho artigo, falando de falsificações, citei a do homem de Piltdown. Como tem pessoas que ficam, ainda, espantadas com a possibilidade de vigarice no mundo, e como a *minha Enciclopédia Britânica* dá o homem de Piltdown como fato científico, transcrevo mais alguns detalhes do meu arquivo específico.

Durante muito tempo pensou-se que o antropólogo Dawson (descobrir do *Eoanthropos* de Piltdown) tivesse caído num erro momentâneo, elevando à enésima potência um descobrimento relativamente trivial, ou que tivesse sido vítima do envolvimento de alguém. Mas, em 1954, o curador do Museu de Hastings declarou, quase a medo, que as peças que o museu tinha comprado da viúva de Dawson estavam lhe causando um certo *alarme*. Havia uma estatueta romana que, possivelmente, não era tão romana quanto dizia o ex-proprietário. Havia também a bengala de um *Water Bailiff* que, possivelmente, era de fabricação doméstica. A verificação das peças acabou provando que Mr. Dawson era mais constantemente sujeito à fantasia do que se pensava anteriormente. Mas as pessoas que defendiam Dawson sempre lembravam, como ponto principal, sua *História do Castelo de Hastings*, em "dois belos volumes", publicada em 1909. Esse era o seu trabalho arqueológico de "rara envergadura", como ficou dito no *Geological Ma-*

gazine inglês, no obituário de Dawson, em 1916. Acontece porém que (hoje se sabe) o famoso trabalho arqueológico não é mais do que uma cópia do trabalho inédito de William Herbert, com o mesmo título e publicado em 1824. Dawson, no prefácio, "habilmente" reconhece o seu débito ao autor anterior, esquecendo apenas de dizer que copiou *todo* o livro.

Talvez conforte o leitor, que anseia por alguma verdade onde descansar sua cabeça, saber que, no fim do século XIX e início do XX, havia tal demanda de fósseis e relíquias de homens primitivos, que, em Lincolnshire, o picareteiro Flint Jack ficou famoso porque aprendeu a cortar pedras velhas em formas que se adaptassem a quaisquer teorias científicas. Ficou rico satisfazendo as ânsias de alguns desses milhares de cérebros que vieram ao mundo para provar alguma coisa, por mais improvável que seja. Eu, por exemplo, sou capaz de provar a vocês uma coisa definitiva — inventem qualquer teoria antropológica, por mais absurda que seja, e eu lhes arranjo uma ilha da Polinésia que se ajusta perfeitamente a ela. Estão aí as teorias de Margaret Mead que não me deixam mentir.

P.S.: Este artigo foi escrito em 1976. Em 1981 há algo ainda mais ridiculamente grave a acrescentar. Traduzo do *Time*, de 28 de julho de 1980: "Mas quem foi, realmente, o autor intelectual da falsificação de Piltdown? Alguns *scholars* duvidam que Dawson tivesse capacidade para tanto. Em *Natural History*, Jay Gould, paleontólogo de Harvard, escreve, e dá algumas provas, que o jovem Teilhard de Chardin[1], então estudante na Inglaterra e amigo de Dawson, poderia facilmente ter fornecido os ossos."

---

[1]O padre Jesuíta Pierre Teilhard de Chardin, paleontólogo morto em 1955, é uma das mais respeitadas figuras eclesiásticas do século XX.

O futuro tem futuro?

Não sei se é porque eu pareço muito pra frente ou se é, mais justamente, porque o longo passado percorrido me dá mais competência de futurólogo, que as discussões comigo acabam caindo *no mundo que vai ser* ou *como vai ser.* E eu estou sempre esmagado, lutando contra os que vêem no futuro um mundo cor-de-rosa de hippies na *deles*, fumando e querendo bem, e os que, brancos, só conseguem avistar o futuro como uma horda de monstrinhos amarelos vindos sobretudo da China, dominando o mundo e suas tinturarias. Sem falar nos que não vêem mundo nenhum, mas apenas, lá onde devia estar o futuro, um imenso *bang* sem soluço. Porém eu, imprevisível, traço lá as minhas predições!

O futuro vai ser cheio de invenções, todos sabem, e de desinvenções, quase ninguém sabe. Vão desinventar o avião, desinventar a televisão e desinventar o telefone. Os desinventores serão os caras de maior prestígio no mundo de amanhã. Aliás, eles já começaram a aparecer e demonstrar sua força no caso do avião SST, super-super-sônico. O Senado americano, pressionado pelos desinventores dos Estados Unidos, mandou às favas o SST, protótipo do avião dos aviões, no qual já se havia gasto mais de 800 milhões de dólares, (a estimativa final era de apenas 130 milhões) recomendando a quem quiser chegar a Paris em três horas em vez de seis que pegue outra barca, outro módulo, outro sistema social, outra megalomania. Amplos aplausos aqui destas modestas letras.

As mulheres, que ultimamente enguiçaram com a afeminilidade (quer dizer, culpam os homens por estarem todos virando bichas e, paradoxalmente, botam a boca no mundo porque os homens querem que elas sejam *objetos* e *símbolos sexuais*, coisas das quais eu nunca vi a Greta Garbo nem a Candice Bergen se queixarem), serão substituídas com grande vantagem (já estão sendo) por bonecas de borracha, macias, dóceis, bem aquecidas e... infláveis. Quer dizer, pela primeira vez, na história do sexo, os homens vão poder encher as mulheres à hora que quiserem. Isso possibilitará, também, aos homens, a libertação da "terrível opressão feminina" pois nem mais pensarão em divórcio. Quando — apesar de tudo — uma dessas mulheres do futuro o estiver chateando, o homem pega um alfinete, fura ela e põe no lixo. O sonho do machista doido.

O Estado, altamente organizado, terá controlado totalmente as endemias, epidemias, parentes desagradáveis, ar encanado, barulho em cima quando a gente está embaixo ou vice-versa, educação primária, secundária e terciária e plantações de maconha (com *napalm*, naturalmente) de modo geral. A Federação será uma força verdadeira, em âmbito praticamente universal, e a garotada treinará tiro-ao-alvo com as figuras de Papa Doc, Franco, Kossiguin e a mamãe Kennedy, ô velha chata! O mundo, naturalmente, verá uma nova onda de escravatura, sobretudo para Gana e Kenya, que importarão gigantescas quantidades de escravos brancos dos Estados Unidos. O país mais poderoso do mundo, o Paraguai (porque, quando houve a guerra atômica, ninguém se lembrou de jogar uma bomba lá), terá dominado inteiramente o mercado internacional e, em toda parte, críticos musicais discutirão a extraordinária força musical do índio paraguaio e a beleza sem par da guarânia. O sexo terá sido completamente esquecido na maior parte da Terra e milhões de turistas visitarão anualmente os museus da

Escandinávia para saber como é que era. Mas a coisa parecerá tão absurda que mesmo os mais velhos se dedicarão apenas umas dez vezes por dia à prática sexual. Ainda assim os governos tenderão a incrementar a desincrementaçao do sexo taxando-o de tal forma que os poucos apreciadores recorrerão a subterfúgios (alguns já em uso atualmente) e a *call-girls* (e *call-boys*) de outros planetas (Vênus, de preferência). O Rio de Janeiro gelará, o Pólo Norte ficará completamente derretido, estudantes americanos só farão seus cursos superiores na União Soviética e voltarão mais capitalistas do que nunca e os estudantes soviéticos, completando seus cursos nos Estados Unidos, voltarão louvando a excelência e a liberdade da Rússia.

Um desvio muito pequeno da órbita lunar trará à Terra ondas tão gigantescas que os atuais maremotos do Paquistão serão usados para *surf* e outros esportes semelhantes. As viagens interespaciais provarão, entre outras coisas, que há muito espaço em volta da Terra, mas a tentativa de enlatar espaço para colocar em áreas superpovoadas não dará certo. (O pouco sexo existente, contudo, a essa altura, já será vendido em lata, embora seja consumido só nas classes proletárias: as classes *A* e *B* acharão sexo enlatado coisa de muito mau gosto a não ser, naturalmente, o importado do Paraguai.)

Os primeiros astronautas (martenautas e plutãonautas, para ser mais específico) descobrirão que há vida nesses planetas. Marte é coberto de trapoeraba, legume preferido pelos coelhos, mas, estranhamente, nenhum coelho será encontrado em Marte, o que torna a vida em Marte absolutamente ridícula (aliás, como aqui). Já em Plutão os navegadores encontrarão milhões de lâmpadas queimadas e jamais saberão o que isso significa.

O sistema cardíaco do homem terá sido inteiramente alterado, as crianças, assim que nascerem, terão seu coração substituído por um implemento mecânico, os rins serão colocados nos joelhos para maior exercício enquanto as pessoas andam e o olho traseiro, há tanto reivindicado pelos automobilistas, será uma realidade, muito embora o automóvel já tenha sido desinventado. Apesar do esforço das Betty Friedmans e congêneres, as diferenças de sexo não terão desaparecido graças, sobretudo, a dietas obrigatórias legisladas pelos governos patriarcais, dietas essas à base de "escargot aux fine herbes avec la femme du boulanger dans le jardin de mon oncle". As abelhas, passando a se alimentar de carne, terão crescido de maneira descomunal e os elefantes, cuja dieta, por necessidades geográficas, passou a ser mel, estarão reduzidos a tamanho quase invisível e voarão utilizando a propulsão das orelhas (que não terão diminuído proporcionalmente) e começarão a construir casulos. O uso de *DDT* e outros desinfetantes não terá, como temem muitos ecologistas, ocasionado e extinção do canto de rouxinóis e sabiás. Antes muito pelo contrário; fará com que se desenvolva, de maneira extraordinária, o canto dos avestruzes, pavões e girafas: as florestas serão ensurdecedoras. A nudez será tão comum que as pessoas que andarem vestidas serão presas por atentado ao impudor.

Uma palavra final, por questão de honestidade e precaução: quase todas as minhas previsões podem nem se aproximar da realidade futura, já que os dados que tenho são todos incrivelmente errados e minha cultura completamente falha[1]. Além disso já há quase certeza de que a

[1]Graças a Deus a incompetência não é só minha. Depois dessa imponente ponte Rio—Niterói, estourou o *affair* internacional da *Rolls-Royce*, que fabricava um motor cujo orçamento explodiu apenas em 320%, perdendo apenas para a fabricação do *Concorde*, cuja fabricação custou apenas 700% a mais do que o previsto, este caso perdendo apenas para o da represa de Assuã, que esgotou a economia do Egito durante mais de dez anos e é aquele desastre político, econômico, social e tudo mais que vocês quiserem. Naturalmente essa incompetência toda em todo o mundo fica ridícula diante da guerra do Vietnam.

ciência em que nos baseamos atualmente é completamente anticientífica, nada do que se diz ou se escreve em nosso tempo tem o menor sentido, o comportamento humano é uma absoluta cretinice e ninguém sabe prever nem sequer com quem vai acordar amanhã de manhã. E, além do mais, e mais que tudo, é muita pretensão a gente ficar por aí prevendo o futuro num mundo em que o uso descontrolado do cartão de crédito já é uma espantosa realidade.

Ah!

Habemos papa, como dizia o outro. Temos ministro da Justiça. Embora o novo ministro ainda não esteja testado, naturalmente é melhor do que o penúltimo. Alguém poderia não ser? Esperemos que seja melhor do que o último. Mineiro maneiro, como convém, dizem que excelente orador, mas já resvalou em sua primeira fala — em *certos casos* é a favor da aplicação da Censura. Ora, quando o ministro da Justiça afirma isso, das duas uma, ou não é bom orador, pois disse o que não queria dizer, ou é um "duro", pois ministros da Justiça de países *sub*, todos nós sabemos, sempre acabam fechando um jornal ou prendendo um jornalista, mesmo sem fazer declarações favoráveis à repressão. Vai acabar agindo coerentemente, "sem querer".

Gibil Khalin Ibn Girkhaar (ainda não aprendi o nome mas chego lá. Depois do aiatolá, estou acelerando meus estudos de árabe, tendo abandonado definitivamente o chinês), se bom orador, deveria dizer, para estar em sintonia com o país: "Já demonstramos exaustivamente como, numa democracia plena, mesmo o mais cínico dos criminosos da mais alta cúpula merece a proteção da Lei, sobretudo quando não há uma Lei para protegê-lo, pois não se pode agir ao arrepio da Constituição, sobretudo quando não há uma Constituição para arrepiar. Temos de reafirmar: nesta administração até os corruptos, os disruptos e os duplícitos têm que ser protegidos, seguindo a tradição de meus predecessores. Que seremos nós como sociedade civil se não conseguirmos conviver com as minorias torpes de atravessadores e especuladores oficiais, esmagando-a em nome de uma ética cada vez mais duvidosa? Deixai vir a mim os patifes, os sem princípio, e os nazistas que, depois de tantos anos de perseguição, já pagaram com juros as perseguições que fizeram. Ergo minha reluzente e justa lâmpada de bronze para iluminar a porta de ouro e pedrarias do Alvorada, da alvorada." (O orador é muito cumprimentado.)

Imortalidade pra quê?

Há séculos que os homens sonham com a vida eterna e todo dia lá vem mais uma notícia de que se pode transplantar mais alguma coisa do corpo de alguém para o nosso corpo. Faz parte inseparável da conservação do ego nunca pensarmos no transplante contrário — algum órgão nosso no corpo dos outros. Cada vez mais a ciência promete afastar para bem longe o que não pretendemos mesmo decifrar — o derradeiro mistério. O fato é que, aos poucos, os bancos de dinheiro vão sendo imitados por bancos de sangue, de olhos, de pele, de órgãos, do escambau. Dentro em breve só morrerá quem quiser mesmo morrer; a morte será, perdão, volitiva, só acontecerá quando o ego (intransplantável) já estiver mesmo cheio deste vale de lágrimas, carestia, corrupção e mulheres ingratas.

Mas eu — nunca me lembrei de dizer, mas digo agora — não sou candidato a partes sobressalentes. Não me vejo — não quero me ver! — olhando para baixo e reconhecendo o pé de um amigo, o antebraço de um ex-empregado e talvez mesmo, suprema humilhação, o membro viril de um antigo desafeto. Estremeço só de pensar na hipótese de vir a ser uma réplica humana de um carro de segunda mão. Velho sim, mas de peças tanto quanto possível originais.

E lamento também que, caso a ciência do transplante progrida como realmente os cientistas vivem anunciando, isso traga o fim da queixa, do queixume, da hipocondria em todas as suas formas, acabe com um dos maiores prazeres da humanidade: chorar de sua própria fraqueza, pedir pelo seu próprio desamparo. Porque nesse dia, quando você, depois de olhar com o canto do olho a sua velha companheira, se queixar pra ela que está com uma dor no peito, ou que ontem teve uma tonteira, ou que sente uma terrível pressão nos ouvidos, ela não vai mais sair correndo como antigamente, para tratá-lo com cuidados revificadores. Possivelmente nem tirará os olhos na novela das 8, e dirá, fatualmente: "Eu já te falei: você tem que ir na retífica!"

A Geriatria é uma mistificação internacional. Nenhum desses pseudocientistas do mundo inteiro tem a mais remota idéia de onde fica a Fonte da Eterna Juventude. Basta olhar pra cara enrugada da Dra. Aslan (que tem setenta anos e ninguém lhe dá mais do que noventa) pra ver que ela ficaria muito contente se descobrisse a Fonte da Eterna Coroísse.

Publicidade. Reclame. Promoção.

Sempre tive admiração pelos publicitários. Com sua extraordinária capacidade de criação e persuasão — transformar a Coca-Cola numa coisa universalmente digerível não foi fácil —, muitas vezes têm que enfrentar tarefas que esbarram na ética e na honestidade doméstica pura e simples. Arriscando-se, o publicista, a chegar em casa e ficar vermelho de vergonha quando o filho lhe pergunta, não necessariamente nestes termos: "Papai, foi o senhor mesmo quem bolou aquele anúncio do *Modess*?"

Sem ironia — todos os publicitários são gênios. Uma profissão de gênios. Como o cinema, não sei se vocês já repararam. Diretor, diretor de fotografia, roteirista, dialoguista, câmara, servidor de café, botou o pé numa produção cinematográfica é gênio. Uma profissão em que não há nem contínuo-comum, para não falar em homem comum.

Mas a publicidade — falo agora de *promoção* — sempre foi uma característica básica da humanidade. Tão grande e permanente quanto o amor e o ódio. Estou mesmo convencido de que o maior talento humano é o promocional. O talento promocional de um Nélson Rodrigues ou de um Glauber Rocha, por maior que seja o talento de ambos em suas atividades, é claro que me deixa sinceramente boquiaberto. Tudo que fazem repercute e é potenciado à enésima potência. Só perdem para João Gilberto, que consegue fazer com que *aconteça* até o seu não-acontecimento. Mas aí já estamos entrando numa escala maior de talento promocional, a dos baianos (começou com Rui) de que nenhum outro Estado consegue sequer se aproximar em toda a Federação.

Como disse, o talento publicitário sempre existiu, é o mais importante; os outros vêm a reboque. Senão, vejamos: inventar o fogo foi difícil. Mas o difícil mesmo foi o primeiro publicitário (de Neandertal) *vender* o fogo. Conseguir que aquele negócio quente, perigoso — queimava qualquer vasilha em que se o colocava —, destruidor, fosse aceito em todas as cavernas apenas em função de um churrasco bem passado não foi simples.

Mas, se a idéia de fogo pegou, o que pegou fogo mesmo foi a própria idéia da publicidade. Que passou a ser desenvolvida até o piramidal lançamento das... pirâmides de Tutancâmon, Quéops e outros faraós menos votados. Até chegar, em tempos mais próximos, ao TSF, de Lênin, que os comunistas denominam de "apostolado sem fio", à descoberta do dr. Goebbels de que o rádio não era divertimento mas uma maneira de desenvolver o seu "poder de intrusão" e à *De Propaganda Fide*, a propaganda da fé, um dos mais poderosos instrumentos da política do Vaticano que inclui, como pressuposto inicial, claro, a fé na propaganda. E estão aí as viagens do papa que não me deixam mentir.

Além do talento, o publicista precisa de coragem. Se já não bastasse a missão de tornar tragável a supracitada Coca-Cola e a de ter que convencer o televidente de que está "levando vantagem em tudo" enquanto pita um cigarro altamente cancerígeno, o publicista tem ainda que apresentar a Kombi como um carro extraordinário (Ralph Nader, depois de atacar os carros americanos em seu livro *Perigosos a Qual-*

quer Velocidade, fez um estudo sobre a Kombi e concluiu que ela é "perigosa até parada") e louvar com um amplo sorriso dentifrícios que, num máximo de dez anos, levarão quem o usa a uma bela dentadura anatômica. E, já no lado aflitivo, é preciso ainda enfrentar o público do "horário nobre" — outra invenção publicitária — impingindo-lhe, Deus sabe como, supositórios, papéis higiênicos e os mais variados protetores da feminilidade em ação.

Se você acha isso fácil, coloque-se num *brainstorm* sobre papel higiênico. Como é que você anuncia o produto? Como uma maionese? Como um perfume *Rastro*? Como uma calcinha *Dior*? Dizer que o papel é perfumado lembra o depois. Dizer que é absorvente traz uma desagradável sensação de umidade. Mostrá-lo em função não dá: qualquer *starlet* pediria um mínimo de 10.000 dólares pela pose. Mas os publicitários não se apertam e saem com uma de gênios, i.e., normal, apelando pro comprimento do rolo. Um anuncia que o dele tem 100 metros, o outro diz que o seu tem 200, e um terceiro anuncia um rolo tamanho família com 1.000 metros de desenrolo. Sem falar na solução do teatrólogo e publicitário Hélio Bloch, que propôs um rolo todo cheio de notícias e histórias em quadrinhos — o que, distraindo a atividade fisiológica do usador, faz com que este, no afã de ler mais, gaste mais papel — idéia que lhe foi comprada pela Tevê Globo, à revelia, por alguns milhões de cruzeiros.

Porém, talvez mais difícil do que anunciar papel higiênico é glorificar a axila das senhoras. Esse recôncavo (aliás reconvexo) das donas, tão decantado pela poesia ocidental, é dotado, sabe-se, de poderosas glândulas sudoríparas. A tarefa de mostrar que a fêmea da espécie só seria cheirável com banhos de desodorantes foi enfrentada pelos publicitários com rara galhardia. Mostraram, discreta ou agressivamente, senhoritas e senhoras suando depois de horas de violências físicas, tais como remar 20 milhas num quatro-sem-patrão, fazer oito horas seguidas de balé ("As dançarinas cheiram como cavalos", dizia Chekov, num tempo em que não havia publicitários nem desodorantes), jogar nove *sets* ininterruptos de tênis no pico tropical de março, e correr 16 quilômetros de *Cooper*, sem que seus encantadores sovacos deixassem de exalar um agradável odor de lavanda, graças aos desodorantes *Flores do Paraíso* e *Um profumo di Dona.*

E aí, insuflados pelos próprios sucessos, os publicistas se tornaram mais seguros e avançaram em outras partes presumivelmente malcheirosas das damas — perfumando e dourando tudo com panorâmicas desfocadas, insinuações musicais e montagens subliminares. Foi tal o sucesso da odorificação, e nossa televisão, em dado momento, tinha tantos anúncios de desodorantes — íntimos e públicos —, que a certeza de que eles perfumavam me dava a impressão contrária — a de que, sem eles, a mulher brasileira era a mais fedorenta do mundo.

Enfim, são um talento! São uns craques! E cada vez mais audazes. Para fotografar uma mulher superrequintada e botar uma meiga voz *off* dizendo "Ninguém suspeita que estou num daqueles dias" é preciso muito peito. Mostrar um supositório e afirmar, sobre lindos lábios de mulher, que agora ela não tem mais dor de cabeça enquanto um plano final mostra ela saltitando alegremente até a figura "congelar", de costas! — tem que ter tutano! Exibir um casal à "média luz", numa boate — mão feminina com longas unhas segurando uma taça de champanha/corta: mão de homem que segura delicadamente ombro nu de mulher/corta: dois perfis lindos de homem e mulher que se olham fundo/corta: tudo isso sob uma música romântica e uma voz melíflua que anuncia um *tampax* qualquer, é preciso muita fé em Deus.

Mas coisa mesmo de super-homem é topar a parada definitivamente escatológica — claro, apoiada pelo governo — de convencer velhinhas a depositarem seus sofridos tostões numa caderneta de poupança que lhes rende 45% ao ano numa inflação oficial de pelo menos 100%. É dose!

Gastando o latim

Bem, fiquei calado mais ou menos 200 anos, na esperança de que algum latinista, algum erudito, aparecesse para corrigir Inácio de Alvarenga. Como todo mundo sabe, está na História, está nos "Autos" da Inconfidência, reuniram-se, em casa de Tomás Gonzaga, além do próprio, o dr. Cláudio Manuel da Costa, Inácio de Alvarenga e o padre Corrêa de Toledo.[1]

Nessa reunião, o grupo discutiu a já muito discutida questão da Bandeira da Nova República. Cláudio Manuel da Costa, que já tinha feito uma proposta de bandeira, insistiu nela: a figura de um gênio quebrando seus grilhões com a inscrição: *"Libertas Aequo Spiritus"*[2] Alvarenga lembrou então que essa proposta já tinha sido feita numa reunião em casa de Frederico de Paula, mas que nem mudando a legenda para *Aut Libertas Aut Nihil* o pessoal tinha topado. Naquela mesma reunião o alferes Tiradentes tinha feito outra proposta: uma bandeira com um triângulo representando a Santíssima Trindade. Ele próprio, Alvarenga, sugerira que se juntasse ao triângulo o verso de Virgílio: *Libertas Quae Sera Tamen* e a proposta tinha sido aprovada. Nesta reunião aconteceu o mesmo — todos acharam a

[1]Este repórter também estava presente, mas, devido à sua extraordinária discrição, a História não reparou nele.

[2]"Deus do céu, que horror!" murmurou este repórter, do seu carro.

idéia muito bonita. E a bandeira da insurreição ficou sendo, definitivamente, essa.

Pois desculpem, amigos, a idéia não é boa e o latim é péssimo. Eu, que sempre achei a frase *Liberdade Ainda que Tardia* uma proposta completamente furada[3], resolvi, um dia, com minha total descrença na História e nos Historiadores, ir diretamente à fonte da frase: Virgílio. E, como não podia deixar de acontecer, a frase estava errada. Inácio de Alvarenga citou de memória, ninguém foi à fonte (nem na hora, nem até hoje, 200 anos depois) e o erro se perpetuou.

A frase de Virgílio deveria ser *Libertas: quae sera.* Ainda assim furada, porque quereria dizer: "Liberdade: que tardia." Como está na bandeira, *Libertas quae sera tamen,* é um saudável bestialógico: "Liberdade: que tardia, todavia."

Bem, mas como não sou latinista[4], é melhor reproduzir o próprio original[5] pro pessoal aí não começar com discussões inúteis[6]. Como sabem os que já leram as *Éclogas*[7] de Publius Virgilius Maro, mais conhecido como Virgílio, logo no início da primeira écloga, dois personagens se encon-

---

[3]Qualquer grupo revolucionário quando propõe liberdade é pra já, e não *ainda que tardia.* Você pode aceitar uma liberdade *ainda que tardia,* como o personagem de Virgílio, mas jamais propô-la como bandeira de luta. *Liberdade ainda que tardia* já será, assim, uma antecipação de *Minas está onde sempre esteve?*

[4]Aliás, não sou nada.

[5]Cito da excelente *Interlinear Translation,* de Hart & Osborn, David McKay Company, Inc. Nova York.

[6]Existem outras?

[7]Ao todo 37 pessoas, no Brasil inteiro, sendo que dezenove em São Luís do Maranhão.

tram, *Melibaeus* e *Tityrus,* este indo a Roma comprar sua liberdade. O diálogo:

Melibaeus — Et quae fuit tibi tanta causa vivendi Romam? (E qual foi, para ti, a causa tão premente de vir a Roma?)

Tityrus — Libertas: quae sera, tamen respexit inertem; postquam candidior barbacadebat tondenti; etc. (Liberdade: que tardia, todavia (tamen) ainda me alcança em minha inatividade, quando a barba já me cai embranquecida.)

Como vêem os leitores, o *tamen* nada tem com a primeira parte da frase, escolhida por Alvarenga. O que me permite repetir, mais uma vez: *"A História é uma istória!"*.

Regras de comportamento. Regência Figueiroa

Você se lembra quando havia problemas em saber se você andava do lado "de dentro" da calçada ou do "de fora", quando estava com uma "gentil senhorita"? Quando ficava esperando pra ver uma pessoa mais experiente pegar o talher certo na hora do jantar de cerimônia? Quando ficava todo atrapalhado, sem saber como se dirigia aos "mais velhos"? Pois é: por mais estranho que pareça, a etiqueta não morreu, mudou apenas de ramo. Pra não dizer que mudou de galho. Você percebeu? Então me diz: como é que você se comporta nestas situações hodiernas:

1) Quando você suborna um polícia em escalão superior, que tratamento usa na correspondência comercial: A) "Caro senhor escroque"? B) "Estimado amigo patife"? C) "Prezado canalha de uma figa"?

2) Quando você assume um alto cargo de chefia numa grande empresa estatal e sabe que não vai durar muito tempo nele, é legítimo aceitar propina com as duas mãos?

3) Se, de repente, numa reunião mundana — oficial — pedirem pra você dar o nome de quatro pessoas honestas nos altos escalões governamentais, como é que você se sai? Ainda que se admita que você conheça quatro pessoas as-

sim, não estaria prejudicando seriamente a carreira delas, identificando-as?

4) Quando você tem que "amaciar" alguém para aprovar o projeto de uma estrada de rodagem (que vai do nada a lugar nenhum, passando por uma floresta virgem e um deserto por meio de vários túneis dispensáveis e inúmeras "obras de arte" inúteis), você começa a "conversar" que pessoa é mais chegada ao figurão: A) O sogro? B) A avó? C) A mulher? D) A outra?

5) Você é o fiel tesoureiro de uma grande empresa estatal, e está, altas horas da noite, num fundo de um porão em Del Castilho (!?!) estudando o balanço mensal da empresa junto com dois malfeitores, perdão, assessores, de absoluta confiança, quando sente um revólver na nuca e uma voz avisando: "Isto é um assalto!" Que é que você faz: A) Diz: "Caro amigo, reconheço seu justo direito a esta expropriação." B) Começa a defender a lisura de uma administração afirmando que pode provar sua inocência. C) Declara, autocrítico: "O senhor, desde já, tem 100 anos de perdão."

6) Julgados todos, e todos condenados (!?!), quem deve ter precedência pra entrar na cadeia: A) Um pivete que rouba a bolsa de velhinhas? B) Um dono de corretora que rouba velhinhas na Bolsa? C) Um expropriador contábil — tipo "Bom Burguês" — em benefício próprio? D) Um ministro que fica, "legalmente", com um percentual de não mais de 120% dos depósitos brasileiros no exterior, num valor não maior do que US$ 10.000.000.000?

7) Falar em "expropriação", uma vez que esta é feita para, em última análise, no fim, bem no fim da luta, benefi-

ciar as classes atualmente espoliadas, como é que você estabelece uma hierarquia ética (opa!) de distribuição: A) Dá tudo aos que estão lutando, na esperança de, um dia, beneficiar a todos, indistintamente? B) Distribui em volta, beneficiando logo tantos quanto for possível? C) Tira primeiro o seu, que ninguém é de ferro e todos sabem que, uma vez à margem, você é, definitivamente, um profissional da marginalidade?

8) Depois de anos num cargo público no qual você se sacrifica pela pátria por um salário de apenas Cr$ 111.234,72 (mais, naturalmente, as vantagens do "Código", mordomias adicionais, licenças-prêmios e três gratificações anuais), embora seus esforços extras lhe permitam também uma Mercedes com chofer, uma casa-sítio na Barra e US$ 780.000 em bancos na Austrália, você acha mais cafona o quê: A) Quem tira, por fora, menos do que você? B) Quem tem casa de campo em São Paulo? C) Quem ainda usa o sistema demodê de botar dinheiro na Suíça? D) Quem, com a mesma oportunidade de ganhos extras seus, continua andando de Volkswagen, ostentando pobreza?

9) Embora você só roube em legítima defesa, considera de bom-tom, em suas falcatruas, usar: A) o nome do sogro? B) O endereço da nora? C) A idade do irmão mais velho? D) O telefone da amiguinha?

10) Você acha correto usar também em público o apelido de *Al* com que você chama seu marido na intimidade quando todo mundo já sabe que essa é uma abreviação irônica de Al Capone?

*

Se você respondeu corretamente cinco perguntas (naturalmente quem decide o que é correto é você mesmo) sempre sa-

berá se defender no sistema atual capitalista-ditatorial-subdesenvolvido. Se respondeu corretamente sete dos quesitos *acima, estará apto a enfrentar qualquer parada num regime capitalista-subdesenvolvido. Se respondeu certo todas as dez propostas acima, você estará a salvo em qualquer regime do mundo, em qualquer tempo. Olha, companheiro, realmente eu não temo pelo teu futuro.*

Imitando a Bíblia

Gênesis

1.1. No princípio Deus criou o céu e a terra, e o cartão de crédito, e ficou esperando o Gomes de Almeida, vírgula, Fernandes para fazer os prédios.

1.10. E Deus disse: "Fiat Lux, Light and Power!", e a Luz ficou, para sempre, precária, só funcionando doze horas por dia. E destruíram as Sete Quedas pra fabricar voltagem.

1.27. E Deus fez o homem à Sua imagem; ao vivo e em cor Ele fez o homem e a mulher. E a mulher e o homem se juntaram e fizeram outros seres em vídeo-teipe.

1.28. Ele disse: "Crescei e multiplicai-vos". Mas exageraram e isso deu no planejamento familiar e, às 6 da tarde, uma tremenda aglomeração na esquina da Nossa Senhora de Copacabana com Figueiredo de Magalhães.

1.31. E Deus olhou tudo o que tinha feito e viu que tudo era bom. Pois não tinham inventado a crítica senão Ele ia ver *mesmo* o que era bom.

2.7. E Deus formou o homem do pó e transformou aquilo num ser vivente mediante a respiração boca a boca.

2.18. E percebeu que não era bom para o homem viver só. Achou preferível mal acompanhado.

2.23. Por isso o homem abandonará pai e mãe e se juntará à sua mulher; e serão uma só carne e um só recheio.

2.24. Porque tu és o osso do meu osso, a carne da minha carne, e por isso viveremos para sempre presos ao nosso conflito íntimo.

3.4. E aí Adão e Eva arrancaram folhas da figueira e fizeram aventais com que cobrir suas nudezas. Eva, porém, fez o dela com um babadinho.

3.19. Comerás o pão com suor do teu rosto — disse o Senhor, mas todo mundo acabou comendo o pão com o suor do rosto do padeiro.

4.15. E Deus marcou Caim criando o logotipo.

6.4. Havia gigantes na terra, naquele tempo, embora muitos deles, relativamente, fossem bem pequenininhos.

9.8. E Esaú vendeu seu direito de primogênito por uma ração de sopa, homologando o *royalty*.

9.11. E Deus fez a serpente, mas, como ela era o mais sutil do animais da floresta, logo negou sua autoria.

12.9. E Adão e Eva foram viver na terra de Nod, a leste do Éden, o que o corretor Sérgio Dourado chamaria de Novo Éden.

18.21. Pois tu comerás a gordura da terra — disse Ele, sem saber que em Ipanema seriam magras as preferidas.

E HAVERÁ UM BODE EXPIATÓRIO.
MAS TAMBÉM UM BODE EXULTÓRIO.

O sogro Karl Marx

Na biografia de Eleanor Marx (Lawrence and Wishar, Londres, 1972), escrita pela historiadora Yvone Kapp, esta transcreve uma carta de Karl Marx dirigida ao seu futuro genro, Paul Lafargue.

Não é minha intenção a de testar o conhecimento histórico do leitor (ninguém tem obrigação de conhecer tudo o que Marx escreveu), mas certamente é sempre interessante fazer um pequeno teste de acuidade psicológica. Leia cuidadosamente as quatro cartas reproduzidas aqui, pondere bem sobre o que sabe da personalidade de Marx e, depois, verifique na página 207 qual a missiva escrita pelo Mouro. E quais a que eu, Millôr, escrevi.

A pergunta-desafio é: — Qual a carta original de Marx?

1.

Londres, 16. Julho. 1866.

Meu bom Lafargue,

Embora minha vida pessoal esteja, ultimamente, sendo dividida entre o terror do boticão do dentista — Tussy não cansa de ridicularizar o meu medo —, o mal-estar permanente devido ao arsênico que venho ingerindo para combater meus furúnculos e o cansaço já insuportável com meu trabalho de revisão final d'O Capital, não quero deixar passar o momento de lhe dizer de minha alegria ao saber do seu meio-noivado com minha filha Laura.

Apesar de sua aderência ao Proudhonismo — que, como você sabe, para mim corresponde a ficarmos todos esperando, com o traseiro comodamente instalado em nossas poltronas, que os *gentlemen* franceses se resolvam a acabar com a miséria e a ignorância — você tem a qualidade máscula que eu mais aprecio, realmente a minha virtude predileta — a Resistência.

Mas não lhe escrevo para falar de minha relação com você mas da sua com Laura. Não posso deixar de me congratular com o fato de que você, afinal, resolveu abrir mão de todos os bens e propriedades de seus pais, seja em Santiago de Cuba, seja em Bordeaux, para viver uma vida independente e libertária com minha filha, por maiores privações que isso lhes possa trazer. O carinho que vocês têm um pelo outro há de fazer com que atravessem com mais tranqüilidade os momentos difíceis da vida em comum. Sempre acreditei na sorte de Laura. E sempre achei que você, um dia, renunciaria à sua exagerada ambição material em nome do amor que devota a ela. Agora me regozijo com a vitória do seu belo caráter, sua esplêndida determinação.

Receba, junto com esta, um pequeno presente nupcial — £50 — que lhe envia Engels, se desculpando por ser em espécie. Mas é para que você possa comprar algo de útil que lhe falte no momento.

Aguardando, ansiosamente, notícias suas,
Karl Marx

2.

Londres. 13. Agosto. 1866.

Estimado Lafargue,

permita-me fazer-lhe as seguintes observações: 1) se você deseja continuar suas relações com minha filha, tem que abandonar o seu modo de lhe fazer corte. Você sabe muito bem que ainda não se combinou nenhum noivado, que até agora tudo é provisório. E, mesmo que ela fosse formalmente sua prometida, você não poderia esquecer que isso significa uma relação a longo termo. Um comportamento demasiado íntimo é ainda mais impróprio quando os dois prometidos têm que viver num mesmo local por um período necessariamente prolongado de purgatório e de severos testes. Tenho observado com consternação a mudança diária de sua conduta no espaço geológico de apenas uma semana. A meu ver o verdadeiro amor se exprime justamente pela continência, comportamento recatado, até mesmo acanhamento com relação à amada e decididamente não em demonstrações de paixão descontrolada e manifestações de prematura familiaridade. Se você quiser apresentar, em sua defesa, o seu temperamento crioulo, é meu dever interpor o meu bom senso entre esse temperamento e minha filha.

2) Antes de acertar definitivamente suas relações com Laura exijo uma explicação clara sobre sua situação econômica. Não toquei nesse assunto porque 'quer me parecer', cabia a você tomar a iniciativa. No que está ao meu alcance pretendo livrar minha filha dos escolhos em que a vida da mãe dela foi sacrificada. Sua situação, segundo informações que soube — sem procurar saber — não é em absoluto tranqüilizadora. Suas possibilidades são, no mínimo, problemáticas. Minhas observações convenceram-me de

que, por natureza, você não é diligente, apesar de surtos de atividade febril e boas intenções. Quanto à sua família, nada sei. Não sei mesmo como é que eles encaram seus planos de casamento.

Espero sua resposta,
sempre seu
Karl Marx

3.

Londres. 8. Outubro. 1876.

Meu caro Paul,
antes de mais nada quero lhe afirmar que o estimo imensamente. Mas soube, com certa tristeza, do seu último rompimento com minha filha Laura e por isso lhe escrevo. Esses atritos, posso lhe dizer sem estar revelando nenhuma intimidade da parte dela, têm prejudicado muito o comportamento e mesmo a saúde de Laura.

O que, porém, me levou a lhe escrever esta carta é a certeza, que nutro e devo expressar, de que o errado é você nas atitudes que vem tomando com relação a ela — atitudes crescentemente drásticas, como se ela não fosse a mulher livre e independente que se educou para ser, mas apenas mais um desses tantos milhões de escravos que a Inglaterra, hipocritamente, continua a trazer da África para a América.

Apesar do enorme afeto que todos lhe temos aqui em casa, a verdade é que não poderíamos conciliar nossa atitude, por todos os modos revolucionária, com um comportamento familiar retrógrado, em que a menor demonstração de rebeldia por parte da mulher é censurada por você, se não com palavras, se não com agressividade, pelo menos olhares e gestos de enfado que não deixam dúvidas quanto ao seu julgamento.

Estranho mesmo que um temperamento como o seu, ardente cruzamento de franceses com negros, tendo pelo lado materno — se posso me permitir esta jocosa liberdade — o inebriante sobrenome *Armagnac*, tenha, afinal, produzido uma pessoa mais hierática do que todos nós, de tradição germânica bem mais "dura." É natural que Laura entre em choque com essa forma de ser e ver, pois, com as devidas reservas naturais e sociais, ela necessita de alguém que compreenda seus arroubos e corresponda a eles. Não podemos, já no último quartel do século XIX, adotarmos atitudes medievais com relação ao comportamento feminino. Chego mesmo ao máximo da franqueza lhe afirmando que prefiro as mulheres "livres", no extremo sentido dessa palavra, àquelas a quem o destino — isto é, a incompreensão dos seus prometidos e protetores — obriga à quase virgindade das relações puritanas.

Arriscando-me a ter chegado mais longe do que desejaria, fico, ao mesmo tempo ansioso por uma resposta sua, pessoal, ou por escrito

Com todo o respeito,
Karl Marx

4.

Londres. 10. Outubro. 1878.

Caro Paul,
estou escrevendo recém-saído de uma terrível gripe, ainda no meio deste catastrófico inverno em Maitland Park Road. Além de Engels, Lissagaray e uns poucos outros amigos

ocasionais, tenho conversado apenas com minha filha Laura, que me falou de suas intenções a respeito dela, intenções essas que, é claro, já eram do meu conhecimento. Mas, o fato dela me comunicar *oficialmente* seus propósitos, me obriga a sair de minha reserva para tomar uma atitude "paternal" e mesmo "patriarcal". Coisa que, penso, talvez seja o que ela estava buscando ao me comunicar o fato.

Quero lhe dizer, sinceramente, que não vejo com bons olhos a ligação, pela vida afora, de minha filha com um homem como você. Por mais estimável que seja o seu temperamento, sei que seu enlace com Laura não terá possibilidades de ser feliz dadas as fundamentais divergências ideológicas entre vocês. Acredito que sua excelente situação financeira, que à primeira vista pareceria uma bênção, e um apoio essencial, no sistema capitalista em que vivemos, poderá, ao contrário, determinar o fracasso do casamento de vocês dois, já que ela, mesmo que não o faça explicitamente, tende a desprezar os próprios valores com que você irá protegê-la. Você bem sabe que, a partir de certo momento de nossos contatos com o *Grande Lama Teutônico de Regent's Park Road,* os pontos de vista de Laura passaram a ser, algumas vezes, até mais radicais do que eu apreciaria. Vejo-me então na seguinte situação, a respeito dela: 1) Como pai, embora isso possa parecer curioso e paradoxal, é certo que gostaria que ela tivesse todas as excelentes condições materiais que você lhe pode oferecer. 2) Como homem que reflete permanentemente sobre as injustiças sociais, eu não queria, jamais, vê-la acomodada ao conforto e à mesmice de uma existência burguesa. Isso a faria tremendamente infeliz.

Poderíamos conversar sobre o assunto? Por mais difícil que isso seja?

Com todo meu afeto e compreensão
Karl Marx

Código de ética mínimo

Como a luta vai braba (se vocês perceberam, lendo até aqui) e há um *pega-pra-capar* por todo lado, sugiro a implantação de uma ética básica, recomeçando pelo início. Senão, não vai. Como está, não dá mais. Vamos todos fazer um esforço pra respeitar regras mínimas, que diabo!

1) Bater carteiras não vale.

2) Ladrão do erário, apanhado em flagrante, não pode alegar posição ideológica como atenuante.

3) Ministro, governador e prefeito prometem, de hoje em diante, não abandonar o cinismo, que isso é querer demais, mas abandonar o cinismo cruel, quando há tanta gente literalmente morrendo de fome no país.

4) Ninguém pode falar em nome do povo e seu sofrimento e cobrar direitos autorais por isso.

5) Não é só uma questão de homens públicos apresentarem declaração de bens. Esses bens têm limite. Homem público, além de casa própria, que não deve exceder, digamos, 5.000 metros quadrados, também não deverá ter, no banco, mais de 150 milhões de cruzeiros.

6) O uso de jatinho especial e três mansões com conseqüentes mordomias no eixo Rio—São Paulo—Brasília é incompatível com qualquer afirmativa de apoio a mudanças estruturais tais como o pobre poder comer.

7) Cantores e compositores populares firmem o compromisso (que não precisa ser solene, pode ser entre uma talagada e outra) de cantar e compor suas músicas, receber seus altíssimos dividendos e voltar tranqüilamente pra suas piscinas e campos particulares de futebol e tênis, obrigando-se apenas, em contrapartida, a jamais usar a expressão: "Eu, realmente, não sei lidar com dinheiro".

8) Jovens (?) senhoras que aparecem desnudas em revistas *demi-pornographiques* podem se mostrar orgulhosas do que possuem pra mostrar e do que ganham pra fazê-lo, mas prometem não mais teorizar sobre o fato com razões sócio-feministas-bestialógicas.

9) Ficam temporariamente suspensas todas as indignações tipo *esprit-de-corps:* "Ofendeu a justiça!" quando você chamou um meirinho de calhorda; "Precisamos desagravar a honra militar!", quando você descobriu que o coronel síndico do seu prédio enruste algum dos condôminos; "Os fisioterapeutas sentem vergonha de entrar em casa depois das alusões da TV!", quando esta ironiza uma dessas inúmeras "massagistas" que andam por aí; "Precisamos acabar com o racismo no Brasil!", quando você descobre que o representante de uma minoria racial aplicou no *open* o dinheiro do Sindicato dos... (cala-te, boca!)

10) Quando apanhadas com a boca na botija, altas autoridades concordam em, pelo menos, dividir conosco (a sólida, gloriosa, impoluta imprensa) o montante do "confisco".

Zwingliano, zurara: últimas palavras

Este pequeno livro, feito de textos escritos através dos anos (como quase todos os meus livros), não é, também, apenas um apanhado de trabalhos soltos. Procuro sempre uma certa organicidade, o *sentido geral.* O título de alguns anteriores: *Trinta anos de mim mesmo, Millôr no Pasquim, Que país é este?*, et cetera, definem seu conteúdo. O deste também.

Todo Homem é Minha Caça, nome inspirado num poema do inglês Pope, mostra minha profunda descrença no ser humano — que eu sou. E olhem que jamais procurei um homem perfeito. Nunca tive admiração pelo "If", de Kipling — um poema fascistóide em que o propagandista do Império Britânico esculpe um homem de pedra, ou mármore, com "qualidades" que fariam desse ser, se existente, um monstro de "perfeição". E não me espanta que Alekos Panagurlis, o *Homem* de Oriana Fallaci, o super herói dessa mulher em geral tão exigente e dura, fosse um admirador exatamente do "If". Tinha esse poema enquadrado, como qualquer executivo (vi, através dos anos, dezenas de cópias desse poema, emolduradas em escritórios de luxo) mediocremente argentário, safadamente mercantil. Heróis nunca me iludiram.

Quando, neste livro, *caço* o homem, como Nemrod na Bíblia, e procuro alvejar individualmente o mesquinho, o covarde, o safado, o hipócrita, o corrupto, o incompetente e, coletivamente, o médico, o político, o economista, com suas pretensões, falhas, fraquezas, egoísmos e sandices (que são as minhas, eu nunca esqueço; só que eu nunca esqueço; a maior parte das pessoas nem se lembra) eu não estou preocupado com essas falhas e defeitos insanáveis, mas com o inevitável fim a que isso leva — a desumanidade do homem para com o homem.

Mas, ai!, não resta alternativa — nada me interessa mais do que o ser humano. A partir de um certo momento de minha vida a maior diversão passou a ser para mim conversar longa, lenta, interessadamente, com alguém. Mas uma pessoa só. Quantas vezes, na calma do meu estúdio, atravesso a tarde e penetro pela noite, falando a alguém que foi me procurar. Interrompo meu trabalho mais premente — a princípio com raiva pela intromissão — e, de repente, me vejo profundamente ligado a uma pessoa que nunca vi, num psicanalismo bifronte e gratuito (o único válido; o unilateral e com guichê na porta é uma contrafação) sem pretensões terapêuticas, arte pela arte no seu melhor momento. E, vejam bem, essas conversas são, indiferentemente — *honni soit qui mal y pense* — com homem ou mulher, jovens ou velhos (nunca muito velhos). Daí vem muito o meu conhecimento do *outro lado*, que não está neste livro, a certeza de que ninguém quer ser mesmo torturador, todo mundo gostaria de ser generoso, não há quem não tenha uma justificativa absolutamente correta pro seu erro, seu mau-caratismo, seu péssimo humor, sua violência. Mas as justificativas não eliminam o fato de que são todos, somos todos (acabada a secção parêntesis de compreensão, um momento ilhado na luta pela sobrevivência), fratricidas.

Fratricidas. Só queremos a nós mesmos; o irmão que se rompa. Mesmo o mais humilde, o sacerdote mais santo, a sua vanglória o arrasta a, pelo menos, querer ser mais humilde do que todos; não apenas humilde, mas o mais humilde do ano. Humildes, sim, mas que ninguém duvide disso! Mesmo o herói que tirou alguém do incêndio — e quantas vezes eu me digo: "Bem, aí está um entre as chamas, aí está a salvação." — quando eu vou ver, conhecer melhor, é, na vida diária, o usurário do banco que está ao seu lado, o atravessador da distribuição do leite, o mercador de remédios falsificados.

É só ler uma enciclopédia com os olhos abertos para ver que não houve exceção — todos os "libertadores" foram posteriores tiranos, quando não "Salvadores Perpétuos" da pátria, a ferro e fogo e muito pau-de-arara; as sociedades filantrópicas se transformaram sempre, quando já não eram assim na origem, em fontes de suborno; as ideologias, feitas em nome do homem, logo serviram à glorificação e/ou gozo material de uns (muito) poucos, e à conseqüente exploração do próprio.

Com vinte milhões de anos de vida sobre a terra, o homem atingiu a civilização apenas nos últimos dez mil. Uma civilização, uma cultura, uma capacidade de domínio e apropriação das forças e mistérios da natureza de que nenhum animal jamais se aproximou. Com isso — vinte milhões de anos de vida, mas apenas dez mil de civilização — é o único animal que tornou objetivamente possível uma coisa antes inacreditável — sua própria destruição como espécie. Dando ainda, de lambuja, a destruição de todas as outras. Pois nada indica que o homem consiga escapar de sua própria fúria e estupidez nos próximos dez, cem ou, no máximo, mil anos.

O leitor mais tíbio poderá ficar assustado com essa visão do mundo e do principal ser que o habita. Mas essa é, paradoxalmente, a única visão saudável, capaz de permitir uma saída.

É a visão humorística, no seu mais profundo sentido. Aquela que nos permite sempre, honestamente, variar sobre a imagem cansada e dizer: "O homem está nu!" Pois o rei continua vestido.

É a única que vê o herói César depilando seu corpo para — cito Suetônio — continuar a ser "O homem de todas as mulheres e a mulher de todos os homens", e não como um herói "shakespeariano".

Que vê Napoleão (e tantos generais mais medíocres do que ele) sabendo se proteger muito bem nos campos de batalha — dizimando centenas ou milhares dos seus homens para isso — porque, naturalmente, isso importava muito mais para a glória da França do que qualquer preocupação com (outras) vidas humanas.

Que vê os grandes *experts* em pintura da Europa depondo num tribunal holandês contra o pintor falsário Van Meegerem — durante anos impuseram ao europeu as falsificações dele como peças autênticas — até que ele desmascarasse todos, falsificando um quadro diante de seus próprios juízes.

Que sabe que os grandes negócios excusos internacionais (há outros?) são feitos em camas milionárias (não necessariamente heterossexuais), resolvidos em iates de luxo, decididos em banquetes filantrópicos, planejados em todos os lugares dourados do mundo. É aí que, impunemente, se resolve — sem pensar nisso, isso é um mero fator residual — a morte de milhões de miseráveis que jamais saberão que sua fome e sua degradação foram negociadas a milhares de quilômetros de distância, num *Mediterranée* ensolarado.

Só a descrença total pode trazer alguma solução. Só o ceticismo integral pode começar a produzir um mínimo de verdade, criar um sentimento de maior aproximação com o outro ser humano assim mesmo como ele é. Quer dizer, a partir do conhecimento de sua crapulice, de sua mentira, de sua quase absoluta incapacidade de corresponder. Só a aceitação desse ser centralizado definitivamente em seu próprio umbigo — religiões e ideologias são uma tentativa comercial de apresentá-lo de maneira diversa, mas só têm feito criar monstros sagrados, cada vez maiores, à medida que as populações aumentam e com elas os recursos da tecnologia da comunicação — pode nos conduzir a um melhor convívio.

Por mim, acho que já aprendi a conhecer o ser humano que sou eu mesmo, meu irmão homem. Já sei até seu nome — Caim. E, apesar de tudo, gosto mais de estar com ele do que com um cachorro, um gato ou até mesmo um colibri. Não adianta toda a minha racionalização, não adianta eu olhar no olho de todo e qualquer interlocutor e saber que cada palavra dele — um imenso código sempre mais complicado — não corresponde a nada do que ele é. O sentido de humor, que me faz vê-lo sempre falho — porque a mim não me vejo de outro modo — me mostra toda a comédia das relações humanas como uma coisa extraordinariamente engraçada, mesmo quando dramática, mesmo quando odiosa, mesmo quando mesquinha.

Pois fora do ser humano não há salvação. Fora do ser humano a vida não tem enredo.

Eu não resisto a um ser humano.

Resposta para

Qual é a carta original de Marx?

Acertou quem decidiu pela 2ª. carta, vasada numa linguagem extremamente rígida, mostrando o formidável reformador social na sua pior roupagem de pai vitoriano.

Fim de festa, fim de livro

E de repente a festa doméstica acabou. Quase todos foram embora, o calor e a agitação se extinguiram, não há mais eletricidade no ar, os diálogos rápidos, sem possibilidade de profundidade, desceram num último grupo pelo elevador. Tudo volta ao normal, estamos apenas com dois ou três amigos mais íntimos. A conversa, naturalmente, está mais cansada. E mais verdadeira. Alguém ainda come um sanduíche, serve mais um uísque, a dona da casa e uma antiga empregada vão fazendo uma pré-arrumação para aliviar o trabalho de amanhã, uma amiga ajuda, menos materialmente do que na simples solidariedade de pegar dois ou três copos e levar para a cozinha. A dona da casa preferiu tirar os sapatos, procura alguma coisa que caiu atrás de um sofá (ou não), limpa automaticamente uma mancha de vinho numa mesa. Há uma cumplicidade última entre os que ficaram, criticando os que já se foram, e o céu começa a clarear no Arpoador, apagando aos poucos, com a luz forte do dia, o resto de uma coisa antiga que se chamava afeto.

LIVRO NÃO ENGUIÇA

Este livro foi composto na tipologia Stone Sans,
em corpo 10/14, e impresso em papel
off-set 90g/m² no Sistema Cameron
da Divisão Gráfica da Distribuidora Record.